講談社文庫

潜入 味見方同心㈥

肉欲もりもり不《ふ》精進《しょうじん》料理

講談社

目次

主な登場人物

月浦魚之進《つきうらうおのしん》　頼りないが、気の優しい性格。将来が期待されながら何者かに殺された兄・波之進《なみのしん》の跡を継ぎ、味見方同心となる。

お静《しず》　豆問屋の娘。夫・波之進を亡くした後も月浦家に住む。素朴な家庭料理が得意。

おのぶ　八州廻り同心・犬飼小源太《いぬかいこげんた》の娘。柔術と薙刀《なぎなた》の免許皆伝。

本田伝八《ほんだでんぱち》　魚之進と同じ八丁堀育ち。魚之進の推薦で、養生所見回りから味見方同心に。学問所や剣術道場にもいっしょに通った親友。

服部洋蔵《はっとりようぞう》　御広敷に詰める伊賀者。忍者ではない。

社家権之丞《しゃけごんのじょう》　将軍の毒見役。通称「鬼役」の御膳奉行。

筒井和泉守《つついいずみのかみ》　南町奉行。波之進の跡継ぎとして魚之進を味見方に任命。

八重乃《やえの》　大奥の女中で、台所の責任者。魚之進の情報源。

麻次《あさじ》　四谷辺りが縄張りの、魚之進が使う岡っ引き。猫好き。

中野石翁《なかのせきおう》　大名が挨拶に行くほどの陰の実力者。将軍家斉《いえなり》の信も篤い旗本。

北大路魯明庵《きたおおじろめいあん》　売り出し中の美味品評家。正体は尾張公と血縁の徳川元春《とくがわもとはる》。

潜入　味見方同心㈥

肉欲もりもり不精進《ふしょうじん》料理

第一話　うなぎの火事焼き

一

南町《みなみまち》奉行所に入ると、月浦魚之進《つきうらうおのしん》は、すぐに奉行の筒井和泉守《つついいずみのかみ》に面会を願った。北大路魯明庵《きたおおじろめいあん》の真の狙いについて、思いついたことを伝えなければならない。あの男は、なんと恐ろしい企みを思いついたのか。背筋に穴でも開いたみたいに寒けがしている。

その企みとは、病を利用した上さまの暗殺だった。いままで毒物にばかり目を向けていた魚之進にとって、思わぬ盲点だったが、考えてみれば、それは毒殺の一種といってもいいだろう。

病とは疱瘡《ほうそう》である。おそらくお城にその病が入ったことはなく、それが侵入しても初めのうちはなんの病かもわからず、ゆえにたちまち蔓延《まんえん》してしまうだろう。そうなれば、上さまはもちろん、大奥やお側衆《そばしゅう》たちにも甚大な被害を及ぼすに違いない。疱瘡は、大人になってからかかるほうがひどいとは聞いたことがある。

――だが、本当にそんなことは可能なのか。

控えの間で待っているうち、こんな推測は荒唐無稽《こうとうむけい》なものに思えてきた。単にひとりよがりの妄想みたいなものではないのか。

だが、十貫寺《じっかんじ》隼人《はやと》が言い残したことや、読み止《さ》しの書物、あるいは大粒屋《おおつぶや》の脅迫と魯明庵の結びつきなどを考え合わせても、やはりあり得ることだと確信した。

裁きの打ち合わせに手間取っているらしく、半刻《とき》ほど待たされて、

「どうした、月浦？」

奉行のほうから声をかけて、控えの間にやって来た。

「じつは、とんでもないことに気がついてしまいました」

「うむ。話せ」

と、筒井は控えの間に、軽い勝負に出る博奕《ばくち》打ちみたいなさりげなさで腰を下ろした。

「北大路魯明庵は、これまで毒を使って上さまを暗殺しようとしていたのは間違いないと思います。だが、魯明庵はおそらく策を変更しました」

「まさか、直接、襲撃しようというのか？」

「さすがにそれはないと思います」

「では、なんだ？」

「毒の代わりに病を利用しようとしています」

筒井は、いまから血でも吐くみたいに大きく目を剝《む》いた。

「はい。じつは……」

魚之進はこれまでわかったことを伝えた。

「なんと疱瘡をお城にな」

「まだ確たる証拠というのはありません。しかし、その企みがあるのは間違いないと思います。そして、十貫寺さんはそのことに気がついたため、あのように殺害されてしまったのです」

「あり得るな」

と、筒井は大きくうなずいて、

「となれば、台所の警戒をさらに厳しくして、お城に入る食物は出入りの店を絞って、疱瘡の者がいないか、確かめるしかあるまいな」

「いえ、お奉行、それだけでは難しいと思われます」

「なぜだ？」

「疱瘡は食べものを通してだけうつるのではありません。たとえば、衣服などからもあり得るかと」

それは、今朝、奉行所に来る途中で思いつき、ますますぞっとしたものだった。

「衣服からもか。そうだな。膿《うみ》などがわずかについていても、わからんしな」

「そうなのです」

筒井はしばらく腕組みして考え込み、

「月浦。まったく魯明庵というのは容易ならぬ敵だな」

「はい」

北大路魯明庵、すなわち徳川元春《とくがわもとはる》。尾張《おわり》徳川家の歴《れっき》とした一族である。

「わしも急いで、中野石翁《なかのせきおう》さまや各方面の方々と相談するが、相手が相手だけに早急に一網打尽《いちもうだじん》というのは難しいだろうな」

「そうなのですか」

まさか、十貫寺隼人の仇《かたき》は討てないことになるのか。しかも、ぐずぐずしていたら、疱瘡は城内に蔓延してしまう。

「敵の傷はできるだけ小さくして、すべて見通したことを告げ、自粛を促すかたちに持って行くべきだろう」

「それはおまかせします」

悔しい気もするが、しかしあまりにも敵が巨大過ぎて、魚之進のような木っ端役人が判断できることではないのだ。

「それと、そなた、昨夜、土居下御側組《どいしたおそばぐみ》に襲撃されたそうじゃな」

「え、誰からお聞きになられました？」

このあと、与力《よりき》の安西佐々右衛門《あんざいささざえもん》に報告しようと思っていたのだ。大声を上げて助けを求めたりしたのは恥ずかしいが、黙っているわけにはいかない。

「奉行所と八丁堀《はっちょうぼり》のあいだで襲われて、わしに報告がないわけがあるまい」

「ははっ」

奉行所の連絡網は、やはり端倪《たんげい》すべからざるものがある。

「そなたにはやはり、警護をつけることにする」

「ありがとうございます」

魚之進は、感激して頭を下げた。二度も、あんな恐ろしい目には遭いたくない。それに兄弟で同じ死に方をしたら、おやじもお静《しず》さんも可哀そうだろう。

魚之進は、奉行所に来ていた麻次《あさじ》とともに、八丁堀の地蔵《じぞう》橋のたもとに、医者の佐《さ》野《の》洋斎《ようさい》を訪ねた。今朝も、来たばかりである。

玄関の戸を開ける前に、さりげなく後ろを見ると、見覚えのある男が、町人のなりで立っていた。隠密同心の一人である。さっそく警護についてくれたらしい。魚之進の胸に安堵《あんど》が広がった。

なかに入って、足が痛いと言って来たらしい患者の診察を終えるのを待ち、

「先生。忙しいところをすみませんが、まだ訊《き》き足りない気がしまして」

と、魚之進は声をかけた。

「なんですかな」

「今朝も聞いた疱瘡のことなのですが」

「よほど心配みたいですな」

「いや、まあ。ちょっと気になることがありまして。それで、もし故意に疱瘡の毒をばらまかれたりしたら、やはりもうどうしようもないんでしょうね？」

魚之進が訊ねると、

「いやいや、そんなことはないですよ」

「そうなのですか」

であれば、やれることもあるだろう。

「ええ。いくつか対処の方法はありますぞ」

「それは？」

「まずは、患者が一人出たとなったら、一刻も早くその患者を隔離してしまうのです。たとえば、村に一人、疱瘡にかかった者が出たら、離れたところに小屋をつくり、そこに入れて、ほかの村の者とはいっさい触れ合うことができぬようにします」

「なるほど」

それくらいなら、お城や大奥でもやれそうである。

「それで、わたしのように一度、疱瘡にかかった者だけが患者の看病をします。そのかわり、看病を終え、自分の家にもどるときは、どこかで身を清め、着物なども取り替えるようにします。金もかかるが、背に腹は代えられないでしょう。現に、そうやって村に疱瘡が蔓延するのを防いだという記録はいくつもあるのです」

「そうですか」

大奥やお城なら、それはできなくはないはずである。あれだけ広いのだから、小屋の一つや二つはすぐにつくることができるだろう。

問題は、すぐに疱瘡だと診断できる医者が、つねに待機しているかどうかだろう。そこらはどうなっているのか、訊いてみないとわからない。

「疱瘡に効く神さまがありますね？」

魚之進がそう言うと、わきで麻次がうなずいた。麻次はけっこう信心深いのだ。

苦しいときの神頼みというのもありかもしれない。この際、やれることはなんでもやるべきだろう。

「ああ。鷺明神《さぎみようじん》が疱瘡に効くなどと言いますな。それと、医者の書いた本のなかにも、住吉大明神を拝《おが》むといいなどと書いたものがあります」

「では？」

「いや、神信心《かみしんじん》では治りません」

佐野洋斎はきっぱりと言った。

「やっぱり」

魚之進もそうだろうと思っていた。麻次はうなだれている。

「ま、多少の気休めにはなるので、わたしは止めませんが、それで効いたのは、わたしも見たことはないし、信頼できる医者仲間たちも、誰も信じてはいないでしょうな」

「ええ」

それから佐野洋斎は、言おうかどうしようか迷ったみたいだったが、

「じつは、疱瘡という病は、あらかじめ防ぐことができるのですがね」

と、言った。

「そうなので?」

それが本当なら、なにも心配はなくなる。

「疱瘡を病んでいる患者の膿を取り、それをまだかかっていない人の肌に植えつけるのです」

「そんなことをしたら?」

「疱瘡にかかってしまいますよね。だが、わずかの膿なら、発症しても軽く済んでしまうのです。これを子どものうちにしておくと、その子は大人になっても、疱瘡にかかることはありません」

「そうなんですか」

「あるいは、疱瘡の患者が着ていた着物を着るという方法もあれば、カサブタを粉にして、鼻の穴に吹き込むという方法もあります」

「へえ」

「これらは、九州秋月《あきづき》藩の緒方春朔《おがたしゅんさく》という医者がおこなった治療で、じっさい、かなりの効果をあげているそうです」

「九州で」

長崎に近いこともあって、医術は江戸より進んでいるのかもしれない。

「ただ、これは匙《さじ》加減が難しいうえに、どうしても疱瘡が重くなって死んでしまう者も出てきてしまいます。そこで、南蛮ではじっさいの患者の膿やカサブタを使うのではなく、疱瘡にかかった牛の膿を使うそうです。これだと、人がかかっても疱瘡が重くなることはありません」

ジェンナーの種痘《しゆとう》法である。シーボルトがこの病苗《びようびよう》を日本に持って来ていたが、船旅のあいだに腐敗し、使うことはできなかった。だが、知識として、蘭方医のあいだでは知られてきている。

「では、お城の人たちがそれをやれば？」

「もちろん大丈夫なのですが、お城の人たちはやらんでしょうな。牛の膿など汚らわしいと怒るでしょうし、南蛮人のやることなどやらぬという人もいるでしょう。叱責《しつせき》されるのがわかっているから、御殿医《ごてんい》たちも、まず言い出すことはできないでしょう」

「確かに」

と、魚之進はうなずいた。

だとしたら、いったいなにがやれるのか。明日は大奥に行く日なので、それまでに対策を考えておきたい。

二

「久しぶりですね、月浦さん」

「うん。おいらも忙しくてさ」

魚之進は、日本橋の魚河岸《うおがし》の裏手に当たる安針町《あんじんちょう》に住む味見師文吉《ぶんきち》を訪ねたのである。

文吉は、歳は五十くらい。なにせ食うことが仕事だから、当然ながら丸々と肥《ふと》っている。

「じつは、この男が新しく同僚になったんだよ」

と、本田伝八《ほんだでんぱち》を紹介した。本田の後ろには、中間《ちゅうげん》の吾作《ごさく》もいる。もちろん麻次もいっしょだから、狭い文吉の家は、中庭のニワトリ小屋みたいに大混雑である。

「こりゃ、どうも、初めまして」

文吉が頭を下げると、

「いや、あんたのつくる番付は、昔から買ってたんだよ」

本田は嬉しそうに言った。

それは嘘ではない。本田の家に行くと、その番付が壁にびっしり貼《は》られている。赤で印がついているのは、自ら行って試食したところなのだ。

「そうでしたか」

「おれも、こういうことをしてみたいもんだと、ずっと思ってたんだよ」

「そういう方があっしの番付を見ると、いろいろ不満も抱くんですよね。この店が大関で、こっちが前頭かよとか」

「なあに、好みは人それぞれだからな。ただ、ある程度、工夫の仕方に基本というやつはあるよな」

「さすがにおわかりですね」

「うん。それを考えても、あんたの番付は依怙《えこ》贔屓《ひいき》みたいなものはないと思うよ」

「いやあ、そう言っていただくと嬉しいですねえ」

どうやら、すっかり気が合ったらしい。

「ところで、最近、北大路魯明庵とは会ったかい？」

と、魚之進は訊いた。

「そういえば、ここんとこ見かけませんね。すぐそこに大坂から新しく進出してきた店ができたんで、魯明庵ならさっそく来てるかと思ったら、まだ顔を出してないと言ってました。あの人にしては珍しいですよ」

「ほう」

「あっしはどうも、魯明庵てえ人は気に入らねえんですよ。亡くなった北谷道海《きただにどうかい》さんも態度はでかかったけど、まだ人の良さが感じられたもんです。だが、魯明庵ときたら、なんか取りつくしまがねえって感じでね」

それは、茶坊主と、尾張徳川家の血筋の違いではないか。もちろん、そんなことを文吉には言えない。

「味見師から見た近ごろの動向はどんなふうだい？」

と、魚之進はさらに訊いた。

「まあ、とにかく江戸の連中はますます食い意地が張ってきてるみたいで、その分うまいものも増えてるんですがね」

「なるほど」

「ただ、どこからどんなうまいものが出てくるかわからねえんで、あっしも苦労しますよ。番付なんかつくっても、あれが抜けてるだの、あんなのが小結かだの、文句を言う手合いも増えてますしね」

「ほう」

「しょせん、味の好みなんざ、本田さまがおっしゃったように、人それぞれのところがありますから、あんまりムキになられてもねえ」

「おいらもそう思うよ」

だが、一方で、完全な美味、究極の美味というものを求める人たちがいて、それはそれで確かにうまいものを創り出している。

つくづく、この世界は奥が深いと思わせられる。

「近ごろ、話題になっている店や料理はあるかい？」

今度は本田が訊いた。

「そうですねえ。この数年、稲荷《いなり》寿司が江戸で大人気になっているのはご存じでしょうが、このところ、いろんな店がさまざまに工夫をして、競い合ってましてね。あっしもいま、食べ比べをしているんですが、店の数が多いので大変ですよ。なんせ、たいがいは屋台の店ですから」

「うん。稲荷寿司なら、おいらも大好きだよ」

と、魚之進が言うと、

「おれなんか、いま、自分で試しているところだぞ」

本田が言った。

「今度は稲荷寿司かい」

いままでも、そば、あんこう鍋、甘いものなどに凝《こ》ってきた。本田は、食うだけでなく、自分でつくりたがるのだ。

「それで満足いくものができたら、家の前に屋台をつくって、うちの女どもに販売させようかと思ってるんだ。同心稲荷寿司とか名づけてな」

「同心稲荷は、怒られるんじゃないのか？」

「そうかな？」

「それはやめたほうがいい。せめて八丁堀稲荷寿司くらいにしたほうがいいぞ」

「十手《じって》稲荷寿司でも駄目かな」

「町方を匂わせるのはやめたほうがいいな」

二人の話を呆れたように聞いていた文吉が、

「それで、じつは稲荷寿司は、名古屋《なごや》でつくられたという説が出回っているんですよ。しかも、それをつくったのが、どうも北大路魯明庵だというのです」

「本当かい？」

魚之進は驚いて訊いた。

「真偽はわからねえんです」

「ふうん」

だが、魯明庵なら不思議ではない。あの男の舌の絶妙さは、たぶん味見師を名乗る文吉でも敵《かな》わない。

「それと、美濃《みの》のほうで、干し柿から羊羹《ようかん》をつくったのがいて、これがどうも江戸に進出しようとしているらしいんです」

「柿の羊羹か。それはうまそうだね」

と、魚之進は言った。干し柿は大好物である。

「あっしもうまいと思います。干し柿の甘さは、砂糖に負けていませんからね」

「まったくだ」

「甘味《かんみ》ってえのも奥が深いです」

「ほんとだな」

魚之進といっしょに、本田もうなずいた。

「それで、評判になってる甘味屋が、〈ええぞ屋〉という店でしてね」

「ええぞ屋？」

「どうも蝦夷《えぞ》をもじったみたいなんですが」

「なるほど」

「これが大繁盛で、いつ行っても長い列ができてるんで、あっしもなかなか入れずにいるんですがね……」

と、そこまで文吉が言いかけたとき、

「おっと、火事だぞ」

本田が言った。

半鐘《はんしょう》がけたたましく鳴り出している。すぐわきに火の見櫓《やぐら》があるのだ。

摺《す》るようにして鳴らしているので、火事はすぐ近所ということである。

魚之進は外に出て、

「どこだい？」

と、火の見櫓の上にいる男に訊いた。

「照降町《てりふりちょう》の入り口ですね」

「あのあたりなら、延焼は大丈夫だろうけどな」

川や堀に囲まれているので、すぐに水をかけることもできるのだ。

だが、文吉が頭を抱えて、

「まずいなあ」

「誰か知り合いでもいるのか？」

「いや、照降町の入り口にはうなぎ屋の〈うな長《ちょう》〉があるんですよ。あそこはまもなく売り出す予定のうなぎ屋の番付で、東の大関にするんですよ」

「そんなにうまいのか？」

本田が訊いた。

「まだですか？　あそこは味見方でしたら食っとくべきでは？」

文吉がそう言うと、

「おいおい、味見方は、味の品評をするところではないぞ。食にまつわる悪事を調べるところなんだ。それより、行ってみよう」

五人で駆けつけることにした。

いや、警護の隠密同心も来ているので、六人である。

三

「どいた、どいた」

麻次が十手をかざして、野次馬をかきわけた。味見方はいちおう隠密《おんみつ》回り扱いなので、定町《じょうまち》回りのような一目で町方の同心とわかる恰好はしていない。そのため、火事場で野次馬をかきわけることは難しいのだ。

ようやく前に出ると、ちょうど火は下火になったところだった。

「ああ、火元は隣か」

文吉がホッとしたように言った。

その火元は、店のようだが、ほとんど丸焼けになってしまっている。隣のうな長は、あいだに細い路地があるおかげもあって無事だったが、ただうなぎを焼いていたあたりが、ちょっと焦《こ》げた感じはある。

「よう、おやっさん」

文吉が、疲れたような顔で立っている五十くらいの男に声をかけた。

「ああ、文吉さんか」

「よかったな、店が無事で」

「まあね。でも、けっこう火勢が強くて慌《あわ》てたよ」

「タレに被害はないだろうな？」

文吉は店を見渡して訊いた。

「もちろんだ。うなぎ屋にとって、タレは命だからな。火が出たとわかった途端、持ち出したよ」

「そりゃあ、よかった」

文吉は、無事に番付が出せそうで、ホッとしたらしい。

「でも、焼き上がったうなぎは駄目だな」

文吉がそう言った。炭火のわきに、焼き上がったうなぎが重ねておいてある。いまから売り出すところだったのだろう。人気店だから、かなりの量がある。

「ま、しゃあねえや。今日は休みだ」

おやじはさばさばしたように言った。

だが、そのうなぎをじいっと見た魚之進が、

「うまそうだなあ。いい匂いもしてるし」

と、言った。

すると本田も、舌舐《したな》めずりしながら、

「これ、食えるんじゃないの?」

と、訊いた。

妙な武士二人の出現で、「なんだい、この人たちは?」というように眉をひそめたおやじに、

「この方たちは、南町奉行所の味見方担当の月浦さまと本田さまだよ」

文吉が紹介した。

「そうでしたか」

「おやじさん。これ、食えるだろう？」

本田が改めて訊いた。

「食えるでしょ。多少、灰はかぶったかもしれませんけど。どうぞ、どうぞ。どうせもう、売り物にはできませんから」

「じゃあ、ちょっとだけ」

と、本田は一切れを指でつまみ、口に入れた。

「え？　なに、これ？」

「まずいですか？」

おやじが怯えたように訊いた。

「逆。とんでもなく、うまい。いままで、こういう味のうなぎは、あんまり食ったことがないなあ」

本田がそう言うので、

「どれどれ」

と、魚之進も一切れ口に入れ、

「ほんとだ。こりゃあ、うまい」

「うちは、もともとうまいんですよ」

おやじは自慢げにそう言って、自分でも一切れ食べると、

「あれ？」

首をかしげた。

「どうしたい？」

文吉が訊いた。

「いつもの味じゃねえ。え？　どういうこと？」

「どおれ。あ、ほんとだ。うな長の味じゃねえ。だが、うまいよ」

店のおやじと、味見師も感心している。

「火事で焼くとうまいのかな」

魚之進がそう言うと、

「そうかもな。蒲焼《かばや》きならぬ、火事焼きだ」

本田が賛同した。

「そんなはずはないと思いますがねえ。まあ、うなぎというのは、煙も味の決め手になるから、確かに火事の煙のせいもありますかね」

おやじがそう言うと、

「違う、違う。これは別の甘味が加わっている気がするぜ」

と、文吉は言った。

「別の甘味？　そんなもの加えてねえぜ」

「いや、この味は砂糖とも違うし、ハチミツとも違う。水飴かな。あとはあまづらってのがあるが、しばらく舐めてないんでね。それかもしれねえなあ」

「そんなもの、うちじゃ使っちゃいねえよ。あ……」

おやじの顔が変わって、

「そういえば、向こうの家が焼けたとき、そこらの窓のところが傾いてきて、棚から壺が倒れ、なにかが焼き上げたばかりのうなぎにかかったみたいだった」

「あの壺か？」

焼け跡に割れた壺が転がっている。近づいて持ち上げ、なかを見る。火が入ったので、なにも残っていないが、臭いを嗅ぐとかすかに甘い匂いがする。

「これがかかったんだ。あまづらというやつだったのかもな」

と、魚之進がうなずき、

「隣は何屋だったんだい？」

「何屋だったんですかね。小売りはしてなかったんでね。廻船で持って来たものを売ってるみたいでしたけどね」

「薬種屋かい？」

砂糖はたいがい薬種屋で売られている。

「薬種屋じゃなかったと思いますけどね」

「何ていう店だったんだ？」

「ええと、〈北海屋《ほっかいや》〉でしたかね。のれんの字も小さくてね。だいたいが、店を開けてるときが少なかったんですよ。そういえば、出入りしてるのも妙なやつらでしたよ」

「妙ってどんなふうに？」

「なんか、顔を隠すように、こそこそしてましたっけ」

「それは怪しいなあ」

「だいたい、火事を出したってのに、店の者がいないでしょ」

おやじは顎をしゃくって言った。

「そうなのか？」

魚之進は、焼けた店のほうを見た。火消し衆が、焼け跡をかたづけるようにしているが、確かに店の者は見当たらない。

「何を売ってたか、気になるなあ」

魚之進が言った。

「まさか毒じゃないだろうな。おれ、もう五切れも食っちまったぞ」

本田は、うまいうまいと、何度も手を伸ばしていたのだ。

「それは大丈夫だろう。おやじさん、このうなぎ、もらってっていいかな」

「ああ、どうぞ。いま、包みますよ」

経木《きょうぎ》に包んで分けてくれた。

腐らないうちに、うなぎの火事焼きがうまかったわけを解き明かしたい。おそらくそれがわかれば、妙なやつらの正体というのも見えてくるはずだった。

四

うなぎから、カエルのおのぶを思い出してしまった。

おのぶは絵師志望だが、長いものばかり描きたがるという不思議な趣味の持ち主なのだ。当然、うなぎも好きなものの一つで、蒲焼きも大好物である。

──おのぶにも味見してもらおう。

　と、麻次や本田たちと別れて、魚之進は浅草福井町《あさくさふくいちょう》へ向かった。さりげなく後ろを見ると、ちゃんと隠密同心が後をついて来ている。

　三軒、同じような家が並んでいて、ここは八州《はっしゅう》廻りの役宅になっているのだ。右端がおのぶの犬飼《いぬかい》家である。

「ごめんください」

「おう、誰だい？」

　と、顔を出したのは、父親の犬飼小源太《こげんた》だった。以前、取手宿《とりでしゅく》に近い鬼《おに》ノ目《め》村というところで、捕り物をいっしょにしたことがある。

「おお、これは、月浦さんじゃないですか」

「どうも、お久しぶりです」

「なにか？」

「いや。ちょっと、おのぶさんにうなぎの味見をしてもらおうと思いまして」

「ああ、なるほど。生憎《あいにく》、おのぶはいま、母親と親戚の家に行ってまして、すぐもどるから、どうぞ、どうぞ」

「そうですか」

上がらせてもらうことにした。

「うなぎね。あれの大好物ですよ」

「そうですよね。いっぱいありますから、お父上もどうぞ召し上がってください」

そう言って、二つある包みの片方を渡した。

「それはかたじけない。蠅帳《はいちょう》に入れときましょう」

と、いったん台所に行き、もどって来ると、

「ところで、月浦さんは将棋《しょうぎ》はなさいますか？」

「いちおう。ヘボ将棋ですが」

「では、あいつらが帰るまで一番どうです？」

「では、お相手させてもらいます」

「そうですか、ではこっちに」

と、奥の部屋に通された。ここは客間になっているらしく、八畳ほどあり、縁側の向こうは樹木の豊富な、ちょっとした森のようになっている。町方の役宅と比べて、敷地は倍くらいありそうである。

床の間にはなかなか洒落《しゃれ》た山水画の掛け軸がかかっている。そういえば、この人は八州廻りに任命される前は、京都の所司代に派遣されていたこともあり、向こうの絵

師とも面識があると聞いたことがある。

駒を並べ、互いに四、五手動かしたところで、

「月浦さんは、身体に悪いところは？」

と、犬飼はさりげなく訊いた。

「はあ？　とくには思い当たりませんが、顔は悪いです」

「あっはっは。男は顔なんかちょっと悪いくらいがいいんですよ。吉原《よしわら》には月に何回くらい行ってます？」

「よ、吉原に？」

「そう」

「仕事でですか？」

「仕事で行ったってしょうがないでしょう、ああいうところは」

「いやあ、おいらは不調法でして、ああいうところには」

「ああ、じゃあ、深川《ふかがわ》だの、根津《ねづ》あたりね」

「深川に根津ですか？」

「そう。吉原じゃ気取り過ぎてるし、やっぱり岡場所のほうが気は楽ですからな」

「いやあ、そういうところも行かないんですよ」

怖いのでとは、やはり言うのは恥ずかしい。

「まさか、湯島《ゆしま》だの、葭町《よしちょう》のほうに？」

「え？」

どうもこの人の言うことは、ぴんと来ない。

「まあ、おいらは人出のあるところは、まんべんなく回るようにはしてるのですが」

「ほう。二刀流ですか？」

「いやいや、わたしは一刀流を学びましたが」

おのぶはなかなか帰って来ない。

「月浦さんは、将棋以外にも、道楽というか、趣味というか、そういうのはおありなんでしょう？」

「そうですね。下手ですが、発句《ほっく》をひねるのは楽しいですね」

「発句ねえ。ほかには？」

「そうそう、同心になる前は、道でいろんなものを拾うのが好きだったんですよ」

「拾う？　道で？」

「ええ。本気で探すと、けっこういろんなものが落ちてましてね」

「そうですか。道でねえ」

犬飼はしきりに首をかしげた。

二局指し、魚之進はどちらもひどい負け方をして、

「そろそろ」

と、逃げるように犬飼家を後にした。

役宅にもどると、父は風邪《かぜ》っぽいと早く寝たらしいが、お静は起きていたので、

「姉さん。このうなぎなんですが、ちょっと食べていただけませんか？」

「あら。お腹は空いてないんだけど」

「味を見てもらいたいんです」

「仕事がらみね」

と、お静はうなずき、経木に包んできたのを皿に移して、一切れ分ほどをゆっくり口に含んだ。

「ご飯といっしょじゃなくて大丈夫ですか？」

「うん。味はわかるわよ。あら、おいしい」

「どんなふうにおいしいですか？」

「甘味が強いのね」

さすがである。焼き上げたあとから、なにかがかかったのだとは言わずに、

「砂糖が多めってことですか？」

「砂糖かしらね」

と、首をかしげ、

「なんか別の甘味がかかってない？」

そう言いながら匂いを嗅《か》いだ。

「なんだろう？　ハチミツじゃないよね？」

「じゃないと思います」

「砂糖以外の甘いものといったら、そんなに多くないよ。砂糖がこんなに出回る前は、ハチミツか干し柿、それにあまづらか水飴くらいしかなかったそうよ」

「よくご存じですね。あまづらも知ってるんですか？」

「あれはね、ツタみたいな茎から取る液を煮詰めるのよ」

「へえ。それと、水飴ってのは、砂糖からつくるんじゃないんですね？」

「違うよ。あれはね、米や小麦とかさつまいもからつくるの。わたしも自分でつくったことはないけど、麦のモヤシと一緒に温かいところに置いたり、ずいぶん手間がかかるみたいよ」

「でも、水飴の甘さとも、あまづらとも違うと思う。なんだろうね？」

お静も見当がつかないようだった。

「そうだったのか」

五

翌日は大奥へ行く日だった。

毒殺を警戒するのに、三日に一度顔を出して、いろいろ助言することになっているが、大奥の女中たちも、まさか病が使われるとは、思ってもみないだろう。

麻次とも相談しながら来たが、お奉行から指示があるまでは、詳しいことは伝えないことにした。

とはいっても、やれる対策はしてもらいたい。

台所の責任者である八重乃《やえの》は、魚之進が来たのを見て、

「月浦どの。もはや大奥は鉄壁の守りですぞ」

と、自慢した。

「そうですか」

魚之進も、八重乃たちの努力は認めている。

こうして台所を見渡しても、監視の体制といい、整理整頓の徹底といい、食材の確認ぶりといい、毒物は一滴たりとも入れぬという気迫が感じられる。

ただ、いま迫りつつある危機は、そんな鉄壁の守りですら、すり抜けてしまうだろう。

「ところで、ぜひともお訊きしたいのですが、大奥の女の人たちは、お身体は大丈夫なのでしょうか？」

と、魚之進は訊いた。よく見ると、八重乃にしても顔立ちは申し分ないが、顔色はあまりいいとは言えない。

「大丈夫というと？」

「健やかにお暮らしなのでしょうか？」

「ああ、そうねえ」

八重乃の表情が翳《かげ》った。

「あまりお丈夫でない方が多いのですか？」

「ほとんどがそうよね」

「ですが、鬼役のお二人などはお丈夫ですよね？」

「ううん、あの人たちも、けっこう身体は弱いはずよ」

「そうなので？」

「逆に、丈夫じゃないからこそ、ちょっとの毒でも反応が出るから、いいんじゃないの」

「ははあ」

そういう考え方もあるだろう。現に御膳奉行の社家《しやけ》権之丞《ごんのじょう》がそうである。

「大奥のお女中が病を患《わずら》ったときは、どうされるので？」

「御典医の方が来てくれて、診《み》ていただいてますよ」

「御典医は蘭方も？」

「ええ。蘭方を学んだ方もおられますよ」

「それはよかったです」

それならすぐに疱瘡《ほうそう》と診断し、隔離《かくり》などの対策もしてくれるのではないか。

「でもね、皆言ってるんだけど、大奥に来たら、どんどん身体が弱くなるみたいなの。わたしもここに来る前までは、風邪なんかひいたことなかったのに、この数年はしょっちゅう風邪ひくのよ」

「それはいけませんね」

そんな大奥に疱瘡なんか入ったら、ひとたまりもないだろう。

「身体が弱いとまずいことでもある？」

八重乃は訊いた。

「ありますとも」

「どうして？」

「詳しいことはもう少ししてから申し上げますが、とりあえずいまは、大奥のお女中たちの身体を丈夫にすることも、上さまの暗殺を防ぐのに必要だということをご理解いただきたいのですが」

「急に丈夫になれと言われてもねえ。では、どうしたらいいの？」

「そうですね……」

魚之進は、愛読書の一つである貝原益軒《かいばらえきけん》の『養生訓《ようじょうくん》』を思い出した。以前、兄貴から「そんなものは爺さんが読むものだぞ」と言われて、以来、隠れ読みしてきたのだが、ほとんど頭に入っている。

「お訊きしますが、大奥の人たちはよく働き、よく動きますか？」

「うーん。だいたいが、仕事の量と比べて女の数のほうが多いから、どうしたって暇《ひま》が多いわよね」

「それはいけませんね。養生訓という書物には、身体を休めて動かないのはたいへんよくないとあります。だから、できるだけ動いてください」

「動くの？」

「歩くのです。大奥は、長い廊下があるでしょう」

「廊下なんかいくら長くてもしれてるわよ。だったら、中庭でも歩こうかしらね」

「ぜひ、そうなさってください。とくに食後にはかならず、数百歩は歩いてくださ い」

「まあ、食後に歩くの？」

「食後こそ歩いてください」

「ゆったり横になっちゃ駄目？」

「ぜったいにいけません。それと、食べ過ぎもいけません」

貝原益軒もそこは厳しく戒めていた。

「でも、月浦どの。大奥では食べることが最大の楽しみなのですよ。むしろ、楽しみはそれだけという人もいるくらいよ」

「それでも、せめて腹八分目までになさってください」

「八分目しか食べては駄目で、しかも食べたあとは歩くのね？」

八重乃は泣きそうな顔で訊いた。

「そうです。それともう一つ、一日に二回、仰臥《ぎょうが》して深呼吸を繰り返してください。ゆっくり息を吐き、ゆっくり吸うのです。それを二十回ほど繰り返します。もちろん、食後ではないですよ」

「深呼吸なんて、変わったことをするのね」

「そうやって、体内の古い気と、外の新しい気を交換するのです」

「気をね」

「とりあえず、この三点を、大奥のすべての方々に実行していただきたいです。それが上さまをお救いすることにつながるのです」

「わかりました。そう伝えますが、腹八分目なのね……」

それがいちばん難しそうだった。

六

大奥から、麻次とともに小網町《こあみちょう》の番屋にやって来た。

ここで、本田伝八と待ち合わせているのだ。

本田は吾作といっしょにすでに来ていて、

「どうだった？」

と、魚之進が訊くと、

「いやあ、いままで訊き込みをしていたが、難航している」

本田はすまなそうに言った。

火元となった北海屋のことを調べておいてくれと、頼んであったのだ。

「だろうな」

たぶん、いろんなことを隠して商売をしてきたのだ。急に探っても、なかなかわかるものではない。

「ただ、年に四、五回ほど、樽廻船《たるかいせん》で持って来たものを、お得意さまに卸していたらしい。そのお得意さまも、こっちから配達していたみたいで、あそこはほとんど蔵がわりだったみたいなんだ」

「なるほどな」

「ただ、生きものの仔《こ》を持って来ているらしいという話があった」

「生きものの仔？」

「どうも、熊の仔とか、もしかしたらあれは虎の仔だったかもという話もあった」

「そんなものを持って来てどうするんだ？」

「お大名だの豪商のなかには、珍しい生きものを育てたいという道楽を持っている連中がけっこういるらしいぞ」

「なるほどなあ」

そういう気持ちはわからなくもない。魚之進も珍獣にはかなり興味がある。

「ほかに、酒は持って来ていたみたいだ。それも、ふつうの酒ではない。猪口《ちょこ》に一杯飲むだけで、へべれけになってしまうくらい強烈な酒だったという話もある」

「そんな酒があるのか？」

「いずれにせよ、ふつうの樽廻船ではない。抜け荷をしている連中だ」

「ずいぶん、調べたではないか」

魚之進は感心して言った。

「だが、どれもはっきりしない話だからな。しかも、あの店が焼けたあとは、どこに行ったかさっぱりわからんのだ」

「ふうん」

「出入りしていた連中は、近所の者に声をかけられても、ほとんど話をしなかったみたいでな。ただ、皆、恐ろしく身体のがっしりした男ばかりだったそうだ。ちょっとだけ話したやつは、凄い訛《なま》りがあったと言っていた」

「そうか……」

そんなふうでよく商売ができるものである。逆に、だからお得意さまだけ相手にする商売になっているのかもしれない。

「だが、訛りがあるというなら、港あたりで訊き込みをつづけると、だんだん近づけるかもしれないな」

と、魚之進は言った。

「訛りねえ」

本田はそう言って、つらそうにため息をついた。

蔵前《くらまえ》で青い飯をやっている飯屋の碧《みどり》ちゃんを思い出したらしい。あの娘も訛りがひどかった。

「そういえば、碧ちゃんはどうなった？」

訊くのが友だちの礼儀だろう。

「じつは、昨日、お前と別れたあと、碧ちゃんの飯屋に行ったんだよ」

「そうなのか」

魚之進が、おのぶの父親と将棋を指しているとき、本田は碧ちゃんと会っていたのだ。

「碧ちゃん、嫁に行くことになったよ」

「あらら」

「しかも大店の若旦那に見初《みそ》められて」

「へえ」

なんとも急な話ではないか。

「あんな田舎訛りでよく大店の若旦那と話ができたと思うよな」

「うん。あれじゃあ嫁に行っても苦労するんじゃないの？」

「それが、若旦那の店ってのは名古屋が本店なんだと」

「名古屋？」

「それで、今度江戸店をつくって、若旦那が江戸に送り込まれて来たわけよ。ところが、名古屋ってところがまた、訛りが凄いんだってな」

「ああ、凄いな」

なんか、ふざけているというか、みゃあみゃあ言って、猫が話しているのかと思ったくらいだった。

「若旦那は、名古屋から出たことがなくて、べたべたの名古屋弁だから、どうも江戸っ子の言葉を聞いてると、馬鹿にされてるような気がしていたんだと」

「ははあ」

「そこで耳に入ったのが、あの碧ちゃんの言葉だよ」

「うん」

「天の唄声のように聞こえたらしいぜ」

「それはまた」

「碧ちゃんも、若旦那の悩みに共感しちゃってさ。話の合うこと、合うこと。しかも、あの器量だろう」

「それで、たちまちか？」

「ま、玉の輿《こし》に乗れたってことで、おれはおめでとうを言ったよ」

「うーん。よく言ったな。そういうところは、お前の立派なところだよ」

ここは本田を褒《ほ》めてやるしかない。

七

そのあと、奉行所に帰るつもりだったが、遠回りして浅草福井町《ふくいちょう》のおのぶの家に寄ってみることにした。麻次には、近くの番屋で待っていてもらうことにした。おのぶの母親は愛想よく上がるように勧めたが、おのぶは「いいの、いいの」と外に出て来て、浅草橋の上で話をした。

「ねえ、魚之進さん。父と将棋指したんだって?」

「うん。お父上、無茶苦茶強いね」

「なんで家に上げたのかしら?」

「もうじきもどるからっておっしゃってたよ」

「それ、嘘だよ。昨日は、親戚のところに泊まることになってたんだもの」

「そうなの」

「なんか訊かれなかった?」

「うん。訊かれた」

「どういうこと?」

「なんというか、ちょっと言いにくいこと」

言葉を聞いただけでも、顔が赤らんでしまう。

「吉原とか岡場所とかに行ってるかとか訊いたんでしょ?」

おのぶはさらりと訊いた。

「ああ、そう」

行ったことがないと答えたのは、おのぶにも伝わっているのだろうか。だとしたら、情けないへなちょこと思われているだろう。

「まったく。もしかしたら月浦さんは、二刀流かもしれないぞとか言ってたわよ」

「え？　おいらは一刀流だと話したんだけどな」

「剣のことじゃないの。湯島とか葭町もたまに行くって言ったんでしょ？」

「うん」

「あそこって、ほら、男娼《だんしょう》たちが春をひさぐところだから」

「あ、そうか。誤解されたのか」

「もしかしたら、月浦さんは子どもはつくれないかもとか言ってた」

「てへへへ」

魚之進は、力なく笑った。

「道楽のこととかも訊かれた？」

「うん。発句は好きとは言ったよ。それと最近はしてないけど、道に落ちてるものを拾って集めるのが好きだったことがあるって」

「それでだ。月浦さんは、路頭に迷うかもしれないって」

「路頭に？」

「乞食《こつじき》していたこともあるようだって」

「お父上、面白いね」

魚之進は今度は手を叩《たた》いて笑った。

「そんなのんきな話じゃないわよ。魚之進さん、品定めされたんだから」

「品定め？」

どうもなにを言っているのか、ぴんと来ない。

「それより、うなぎのことなんだけど」

「ああ、食べたよ。今日の朝もどったんで、ちょっと焼き直したけど、おいしかった。なんか独特の甘味があるよね」

「やっぱりそう思ったかい？」

「うん。それで、考えたのよ。この甘味はどこかで味わったことがあるって」

「え、どこ？」

「ええぞ屋っていう、葺屋町《ふきやちょう》にある店」

「芝居町のなか？」

「そう」

ええぞ屋というのは、確か文吉が言っていた店ではないか。

「変わった甘味屋だよ。役者衆が気に入って、通ったりしてるみたい」

「おのぶちゃんも、よくそういう店に入ったね？」

「最近、なんか変な店を見つけると、ついつい入っちゃうのよねえ。魚之進さんの影響かも。やあね」

やあねと言われても困ってしまう。

「でも、どう変わってるの？」

「食べものも変だし、あるじも変なの。行けばすぐわかるわよ。教えちゃうと、予断が生まれるから教えない」

「でも、その店って、いつも混んでるんだろう？」

もっとも、十手を見せれば無理に入れないでもない。だが、魚之進は、それはあまりやりたくない。だいたい、それをやると、いつもの味とは違ういい材料を使ったうまいものを出されてしまうかもしれないのだ。

「暮れ六つ前に行くと、わりと空いてるよ」

「そうなんだ」

いまから向かうと、ちょうど暮れ六つごろになる。待たせてある麻次といっしょに行ってみるべきだろう。

「男だけだと入りにくいかもよ」

と、おのぶが言った。

「じゃあ、いっしょに行ってくれる?」

「いいよ」

おのぶは、待ってましたとばかりにうなずいた。

八

葺屋町にやって来た。ここは堺町《さかいちょう》へとつづく芝居小屋が並ぶ町として知られる。江戸の芝居小屋は朝早くから始まって、いまどきはすでに終わっているので、通りには思ったより人は多くない。

「ほら、そこだよ」

おのぶが指差したのは、まるで甘味屋らしくない店構えだった。

「ここかあ」

教えられなかったら、甘味屋と気づかずに通り過ぎたかもしれない。

入口のところには、鉢植えがいっぱい並んでいる。どれもあまり見たことのない木ばかりである。なかは土間だが、一部は吹き抜けで、しかも屋根の一部が動かせるようになっているらしく、いまは暮れなずむ空が見えているが、昼間は燦々《さんさん》と陽が差し込むのだろう。その土間にも、鉢植えがいっぱいあるだけでなく、地面にもむしりたくなるくらいびっしりと、草が生えているのだ。

「こんな店、入ったことないね」

のれんをくぐってすぐ、魚之進は言った。

「面白いでしょう」

田舎《いなか》の裏庭みたいな雰囲気で、意外にくつろげそうである。

店の間口はそう広くないが、奥行きがある。縁台は一つずつ離しておいてあるが、それでも十二ほどあって、そのうちの七つほどが、すでにふさがっていた。

三人は調理場に近いところの縁台に座った。

「へいへいへい、いらっしゃーい」

妙な調子で、あるじが声をかけてくる。なんと、小豆《あずき》でできた着物を着ているではないか。小豆の粒に糸を通し、それで布地を編むように、着物に仕立ててあるのだ。着心地はどう見てもよさそうではないが、あるじの機嫌はよさそうである。

「ほんとに変わってるね」

魚之進は呆《あき》れて言った。

「でしょ」

品書きは二種類しかない。

羊羹寿司《ようかんずし》と汁粉飯《しるこめし》。どちらも四十文だから、いい値段である。

「どっちがうまい?」

「あたしは、この前は、汁粉飯を頼んだの。羊羹寿司は食べてない」

「じゃあ、おのぶちゃんは羊羹寿司だ。おいらは汁粉飯」

「あっしも」

「味見用に、羊羹寿司ももう一つ頼もう」

あるじではなく、若いお姐《ねえ》ちゃんのほうに注文すると、さほど待たずに四品を持って来た。お茶もついている。

さきに羊羹寿司をつまんでみた。握り寿司だが、魚や卵焼きの代わりに羊羹が載っている。羊羹はかなり厚めに切ってある。

「ふうん」

酢飯と甘いものをいっしょに食うのは初めてだが、意外に合わなくはない。むしろ

うまい。じっくり味わってから、

「やっぱり、あのうなぎの甘味といっしょだ」

と、魚之進は言った。

「そうよね」

おのぶも食べながらうなずいた。

「甘味が砂糖ほど鋭くない。柔らかい甘味だ」

「そうそう」

「あっしは、よくわかりませんがね」

麻次はだいたい甘いものはあまり食べない。

汁粉飯は、餅のかわりに、飯が入っている。その飯は、玄米ほどではないが、さほど搗《つ》いていないので、歯ごたえがある。甘味は、羊羹といっしょである。

「ああ、これも面白いな」

「意外とおいしいでしょ」

たちまち食べ終えてしまった。

「さて、肝心なのはこの甘さの元だ」

魚之進はそう言って、ちょっと向こうにお盆を持って立っているお姐さんを呼んだ。このお姐さんのことは、本田も惚れたりしないだろう。美人だが、いかにもつんけんしている。本田は見た目が優しそうでないと惚《ほ》れない。

「ちょっと訊ねるが、

「ああ、それはちょっと……訊かれても言うなって旦那から言われてるの。もっとも、あたしも知らないんだけどね」

「そうか」

魚之進は立ち上がり、あるじに勘定を払いながら、
と、声をかけた。

「うまかったよ」

「うまいんですよ、うちは」

偉そうである。

「独特の甘味だ」

「ええ」

「砂糖じゃないよな。ハチミツでも、水飴でも、あまづらでもねえ」

「お詳しいですね」

「なんなんだい？」

「そりゃあ言えませんな。秘法ってやつでしてね。へっへっへ」

「食いものにそれは許されぬぞ。客の命に関わることだ」

「許されぬ？」

「こういうことはあまりしたくないんだがね」

と、魚之進は十手を見せた。

「おっと、町方の旦那でしたか？　あいすみません。でも、あっしは罪になるようなことはしてませんぜ」

「あんたがしていなくても、その甘味の元に悪事がからんでいるかもしれないんだよ」

美味のそばには悪がある。死んだ兄貴の遺言だった。

「そうなんですか」

客が見ているところで立ち話もなんなので、近くの縁台に座り直し、あるじを前の縁台に座らせた。

「甘味の元を持って来てもらおうか」

「わかりました」

と、あるじは調理場のほうに行き、

「このなかに、その甘味の元が入ってます」

と、大ぶりの壺を、両手で抱えて持って来た。北海屋の焼け跡にあったのも、この壺だった。

「舐めさせてくれ」

「どうぞ」

なかに入っているこぶりの柄杓《ひしゃく》で、少量の液をすくい、それを手のひらで受けて舐めてみる。小豆やうなぎの味が混ざらない、純粋な甘味である。おのぶにも同じように舐めてもらって、

「これだな」

「うん。間違いないよ」

おのぶはうなずいた。

「これは、どういうものなんだ？」

魚之進はあるじに訊いた。

「これは、カエデの幹から出る蜜をちょっと煮詰めたものなんですよ」

「カエデって、あの秋に赤くなるやつか？」

あの木が甘いとは驚きである。確か、役宅の庭の隅にも一本生えている。

「そこらに生えてるのとは、ちょっと違うんです。蝦夷の山奥に生えていて、よく見るカエデより葉が大きく、秋にはきれいに紅葉します。すごく丈夫な木で、建材なんかにも使われるんです。あっしは若いころ、船乗りをしていて、蝦夷にもずいぶん行ってまして、そこで知ったんですよ」

「ほう」

てっきり、こういう男は役者の成れの果てかと思ったが、元船乗りとは意外だった。

「それで、江戸で甘味屋をやろうと思ったとき、あの甘味を使おうと思って、友だちの船主に頼んで、仕入れてもらうようにしたんです」

「では、その友だちが蝦夷から持って来るわけだ？」

「最初のうちはね。でも、その友だちが変な死に方をしちまいましてね、いまはその知り合いから買ってるんです」

「変な死に方？」

「そう。なんだか、おかしなことを言い始めましてね。おれとクジラは、どっちがでかいと思うかとか訊いたり、耳をのぞいてみてくれ、狐が巣をつくっているかもしれねえとか言ったりしてたんですよ」

「頭が変になったってことか？」

「いや。ふつうのときもあるんです。ただ、ときどきそんなふうになって、悪い酒でも飲んだのかと思ってたら、あるとき、真冬の海に飛び込んでしまいまして」

「それは阿片《あへん》のせいかもな」

と、魚之進は言った。

「阿片？」

「怖ろしいものだぞ」

「わかっています」

あるじはうなずき、身体をぶるっと震わせた。

じつは、町方は阿片の取り締まりについては、それほど厳しくはしていない。というのも、市中にはあまり出回ってはいないし、江戸っ子たちは、怖いものだということを知っているので、手を出す者も少ない。このため、厳しくする必要もなかったというのが事実なのだ。

だが、そういう死に方をした者が出てくるようだと、取り締まりに本腰を入れなければならないだろう。

「いま、そのカエデの蜜を仕入れている店の名は？」

「北海屋といいます」

「阿片を扱っててもおかしくないんじゃないか？」

「そうかもしれません」

「そのカエデは、津軽にも生えてるかな？」

「ああ、蝦夷と津軽は近いですからね。生えててもおかしくないでしょう」

じつは、阿片は南蛮からだけでなく、津軽から来ているものも少なくない。津軽のどこかで、薬の一種としてそれをつくっているらしいのだ。

「北海屋がどこにあるかは知ってるか？」

「江戸橋の近くとは聞きましたが、向こうから持って来るのでね」

「北海屋は火事で焼けたぞ」

「そうなので？」

「このカエデの蜜も、駄目になったはずだ」

「でも、今日、持って来ることになってますよ」

「今日？」

「この前、来たとき数が違ってたので、今日また持って来るんです。そろそろ来るころだと思いますが」

魚之進は麻次を見て、

「おい」

「ええ」

予定してなかった捕り物になるかもしれない。

九

男たちが来たのは、暮れ六つを過ぎ、あたりはすっかり暗くなって、ええぞ屋ものれんをなかに取り込んだころだった。

調理場のほうに顔を出したのは、男二人で、どちらも髭《ひげ》だらけの巨漢だった。あるじからは「北海屋の人たちは、皆、並み外れて大きくて、異人みたいな面構えをしてるんです」と聞いていたが、まさにそのとおりだった。

男たちが持って来たのは、壺が二つだった。

「これだけかい？」

ええぞ屋のあるじが訊いた。

魚之進たちは、最後の客のふりをして、店のなかにいる。

「悪いな。火事で焼けちまったんだよ」

「これじゃあ、十日も持たねえなあ」

「しばらくは砂糖を使ってな。これから仕入れに行って来るからよ」

「今度はいつ来るんだい？」

「ひと月後くらいだな」

「だったら、値段をまけてくれねえと」

「つべこべ抜かすと、取引はなしにするぞ」

「わかりましたよ」

あるじは代金を払い、さりげなくこっちを見て、片手を開いた。五人いるという合図なのだ。

魚之進と麻次は、二人の後をつける。

すぐそばの親仁《おやじ》橋のたもとに舟が泊まっていて、舟の前に三人の男が待っていた。

こっちの三人も熊のような巨漢である。

「あの野郎、ぐずぐず言いやがった」

「なあに、また持って来れば、喜んで買うさ」

そんなやりとりをしながら、泊めてあった舟に乗り込もうとする。こいつらは、いまから沖の船に向かい、そのまま蝦夷に向かうつもりなのだろう。

「いま捕まえないと、次はひと月後だ」

と、魚之進は言った。

「でも、旦那……」

「ああ、人手が足りないと言いたいんだろう？」

「そりゃあ、そうですよ」

巨漢が五人。こっちは二人。

「だったら、三人は逃がしてもいいから、二人は捕まえよう。それで、いろいろ吐かせればいい」

「逃げてくれますかね」

「二人が無理なら一人でもいいさ」

魚之進は、相手が反撃してくるかもしれないことを、このときなぜか想定していなかった。

「おい、待て」

乗り込もうとするところに、魚之進は声を上げながら、河岸を駆け下りた。

「なんでえ、てめえは？」

男たちは怯えたようすもなく、こっちを見た。

「南町奉行所の月浦だ。お前たちは、抜け荷を扱っているだろう。奉行所で調べる。神妙にお縄《なわ》にかかれ」

と、十手を見せた。

それでも臆するようなことはなく、

「奉行所だと」

「ぶち殺しちまえ」

「あとは舟で逃げればわからねえんだ」

男たちは、それぞれ舟に隠してあったらしい棒やドスを摑《つか》んだ。

――しまった。

魚之進は内心で頭を抱えた。わきにいる麻次も同じ思いだろう。

水明かりがちらちらして、真っ暗ではない。こんなときは、力ずくで刀や棒を振り回されると、避《よ》けるのも難しい。

――逃げようか。

じっさい、逃げ腰になったが、

「おりゃあ」

と、前にいた男がドスを振り回してきた。

「うひょお」

間抜けな声を出しながら、必死でこれを受ける。

カキン。

と、刃同士が当たって、派手に火花が飛ぶ。だが、力負けしているのは明らかである。この分だと間違いなく、朝には土左衛門《どざえもん》になって見つかるだろう。

——川に飛び込もうか。

そう思ったとき、思わぬことが起きた。

「うわっ」

連中の一人が、急に叫んだ。手裏剣《しゅりけん》が肩に刺さったらしい。

それと同時に、上から誰かが駆け下りて来て、刀を振るった。たちまち二人が、肩や腕を守るようにしながら、地面を転がった。

さらにもう一人、駆け下りて来た者が、

「たあっ」

という掛け声とともに、巨体の男を宙に撥《は》ね上げ、川へ放り投げた。

——なんだ？　なにが起きた？

あと二人である。

麻次が十手を巧みに使って、敵の腕を打ち、次に首筋を叩いておとなしくさせた。

最後まで残っていたのは、魚之進と対峙した男だが、仲間を心配して振り向いた隙《すき》に、なんとか腕を斬り、ドスを使えなくさせてから、喉元に刃を突きつけて、

「神妙にしろと言っただろうが」

と、同心らしい台詞《せりふ》を言った。

それにしても、ありがたい助っ人だった。

礼を言おうとしてよく見ると、一人は魚之進を警護している隠密同心である。さすがに強いはずである。ずっとついて来てくれていたのを、すっかり忘れていた。

そしてもう一人は、なんとおのぶではないか。そういえば、おのぶは薙刀《なぎなた》と柔術《じゅうじゅつ》の免許皆伝の腕前だった。

「そうだった。おいらを守ってくれているのを忘れていた。それに、おのぶちゃんが武術の達人だというのも忘れていた」

魚之進が思わずそう言うと、おのぶと警護の隠密同心は呆れた顔になり、

「しっかりしてくださいよ」

同時にそう言ったのだった。

第二話　茹《ゆ》でた孫

一

北海屋の連中を奉行所に連行するとまもなく、お船手《ふなて》組のほうでもこの連中の抜け荷の件で地道に探索をつづけていたということがわかった。

「身柄を渡して欲しいと言ってきているのだがな」

と、吟味方《ぎんみがた》与力のほうから言ってきた。

だが、定町回りの与力安西佐々右衛門は、

「こっちの手柄なのにな」

と、気分を害した。調べれば、まだまだ余罪が出てきそうで、町方の手柄になることは間違いない。ただ、それを一から調べるとなると、たいへんな労力を費やすことになる。

「そなたの手柄だ。どうする？」

安西は魚之進に訊いてきた。

「わたしはお船手組に調べてもらったほうがいいと思います」

魚之進はそう言った。味見方同心として、やらなければならないことは山ほどある。

「ならばそうしよう」

と、安西も折れた。

翌朝――。

奉行所に行く前に、魚之進は日本橋の魚河岸近くに住む味見師文吉の家に顔を出すことにした。北海屋摘発は、文吉のおかげというところもずいぶんあり、一言お礼を言いたかったのである。

魚之進の礼に、文吉はすっかり恐縮して、

「そうでしたか。抜け荷や阿片を扱う連中でしたか。そりゃあ、びっくりですね」

「あんたが、うな長のことや、甘味のことを言ってくれたおかげだよ」

「とんでもねえ。礼を言われるほどのことはしてませんよ。そうですか、カエデの蜜をねえ。あっしもそれは知りませんでした」

「カエデの蜜は、前からのつながりでやっていただけなんだろうけどな」

「そりゃあ、抜け荷や阿片のほうが金になるでしょうからね」

「それにしても、甘味というのはいろいろあるんだと勉強になったよ」

もともと砂糖の持ち込みの経路についてなど、いろいろ気がかりなことはあったのだが、日々の事件に追われ、調べる暇もなかった。ましてや、上さま暗殺計画の件も解決できていないのである。

「そうなんですよ。甘味というのは女子ども向けと思いがちですが、そんなことはないんです。ほかの味と組み合わせることで、さまざまに変化しますしね」

「そうだな」

「また、とくに江戸っ子は甘味好きでしょう」

「そうか」

「田舎から出てきた連中ばかりか、上方から来た人たちも、菓子はもちろん、卵焼きの甘いのにも驚くそうですぜ」

確かに卵焼きは甘い。あの甘い卵焼きをおかずに飯を食っていると、脇の下だの、耳の裏あたりが、べたべたしてくる気がする。

「この分だと、まだまだいろんな木から、新しい甘味が見つかっていくのかもしれないな」

「でしょうね。ただ、味見師のあっしとしては、ハチミツの世界がとくに広くて深いなあと思いますね」

「ほう」

「採れる場所や季節によってずいぶん味や風味も違うんです。ほんとにこれが同じハチミツなのかと思うほどですよ」

そう言って、文吉は棚から小さな壺を二つ取って、

「これはどっちもハチミツなんですが、月浦さま、ちょっと舐《な》めてみてください」

と、楊枝《ようじ》の先にハチミツをつけたものを二本、魚之進に渡してくれた。

魚之進はそれを舌に載せて味わい、

「え？　どっちもハチミツなんだ？」

と、目を丸くした。

片方は濃厚で、ほんのりクセがあるが、もう片方はさらっとした味わいである。これだと、カエデの蜜との区別は難しいかもしれない。

「違うでしょ」

「ぜんぜん違うな」

「ハチはいっしょなんですよ」

「違うハチが集めたみたいだがな」

「色も違うんですよ。ほら」

と、壺を見せてもらうと、片方は濃厚な琥珀《こはく》色だが、もう片方は無色透明に近い。

「なんでこんなに違うんだい？」

「ミツバチが、花の蜜を集めて巣に持ち帰ったやつが、ハチミツなんですが、あんまり遠くまでは行かないらしいんです。それで、花の咲いている場所によって、味も色も匂いも違ってくるわけです」

「へえ。文吉は、そんなことをどこで知ったんだい？」

「ミツバチを飼っている女から教えてもらったんです」

「おい、色っぽい話かい？」

「生憎、そんなんじゃありませんよ。そうだったら嬉しいんですけどねえ。ほんと、悔しい話なんですけどねえ」

どうも、大いに訳がありそうである。

「江戸にはいないんだろ？」

「いや、この江戸で、ミツバチを飼っているんです。まあ、大川は越えますけどね」

「だろうな」

この界隈でミツバチはあまり見かけない。

「面白い女でね。今度、紹介しますよ」

「うん。機会があったらな」

魚之進は、文吉の表情を窺いながら頭を下げた。

二

そこから南町奉行所に行くと、門のところで先輩同心で定町回りの赤塚専十郎《あかつかせんじゅうろう》とばったり会った。いまから町回りに出るところで、中間《ちゅうげん》と岡っ引きを伴っている。

「よう、忙しいか、味見方は？」

赤塚は足を止め、のんきな口調で訊いた。

「ええ。忙しいことは忙しいんですが、期待に応えられているかどうかについては、まったく自信がありません」

「なあに、よくやってると評判だぞ」

「いやあ、なんか気になることがあったら、お教え願います」

定町回りがいちばん江戸の町を歩いているし、なにせずうっとそれをつづけているので、自然と耳に入ってくる話の量も凄い。

「そういえば、おいらが出入りしているとある大名屋敷の殿さまがなかなかの食通でな。近ごろ、茹で卵に凝ってるらしいのさ」

世のなかにあれほどかんたんな料理はないだろう。いや、そもそも茹で卵を料理と言えるのだろうか。

「茹で卵ですか」

「あんなものと思うわな」

「はあ」

「なんでも、京都の料亭に瓢亭《ひょうてい》ってところがあって、そこの茹で卵は〈瓢亭たまご〉と呼ばれ、一品料理扱いなんだそうだぜ」

「味はついてるんですか？」

「ついてねえんだとよ。ちょこっと醤油をたらすだけなんだそうだ」

「それだけで？」

「ごちそうなんだと」

「ははあ、卵がいいんですね？」

「卵もいいんだろうな。だが、おいらも詳しいことはわからねえが、黄身のところは生で、白身だけが茹で上がっているんだそうだぜ」

「へえ」

「そうやって食うのが、卵のいちばんうまい食い方なんだとさ」

「確かにうまそうですね」

想像すると、優しい味で、口のなかで卵の風味がねっとりと広がって行くような気がしてきた。

「もちろん、ただ茹でればいいってものではないらしいぜ」

「どう茹でればいいんですか？」

「それを知りたくて、殿さまは参勤交代で江戸に来るとき、京都の瓢亭に立ち寄り、家来に訊きに行かせたんだそうだ。瓢亭たまごのつくり方をな」

「教えてもらえたんですか？」

「秘伝なんだと」

「でしょうね」

そこまで評判の料理なら、料亭がつくり方を教えるわけがない。

「それで、瓢亭の女中だか下男だかをたらし込んで、つくり方を訊いたんだと」

「どういうんですか？」

「なんでも、まだ赤ん坊の孫といっしょに、卵も湯に入れるんだそうだ」

「赤ん坊の孫と？」

「それで、その孫がすっかり温まるくらいで、卵もうまく茹で上がるんだそうだ」

「へえ」

「それで、殿さまのところにちょうど半年前に生まれたばかりの赤ん坊の孫がいたので、試してみたんだそうだ。卵をいくつも湯に入れて、赤ん坊が温まったかなと思ったところ、一つ割ってみたが、まだ茹で上がらない。何度かやっているうち、孫が湯当たりして、ぐったりしてきたんだそうだ」

「そりゃあ、たいへんだ」

「乳母《うば》が駆けつけて来て、赤ん坊を取り上げ、団扇《うちわ》で冷ましたり、たいへんな騒ぎになったらしいぜ」

「まさか亡くなったので？」

「いや、無事だったそうだ」

「それは、信じられないというか、おかしな話ですね」

さすがに、その殿さま、馬鹿じゃないですかとは言えなかったが、

「馬鹿じゃねえのって話だよな」

赤塚は平気で言った。

「殿さま、惚《ぼ》けてきてるとか？」

「いや。ただ、凝《こ》り性《しょう》で、そうなるとほかのことは考えられなくなる性質《たち》らしいな」

「でも、それって、元はただの駄洒落《だじゃれ》なんじゃないですか?」

「駄洒落?」

「茹で卵じゃなくて、茹でた孫」

「あ、なるほど」

と、赤塚は笑いながら手を打った。

このときは、これだけで終わった。まさか、これが悪事にからみ、さらには魚之進にも関わってくるとは、このときはまるで思いもしなかった。

三

赤塚と別れて、奉行所に入ると、

「月浦。お奉行がお呼びだぞ」

と、与力の安西佐々右衛門から声をかけられた。

「はっ」

急いで奉行の部屋に向かった。

「お呼びだそうで」

「うむ。さっそく魯明庵のことで、各方面と打ち合わせをしているのだがな」

「ありがとうございます」

筒井和泉守は、動きも迅速である。

「もちろん中野石翁さまとも話をした」

「はい」

「病を利用するというのには驚き、そんな計画をよくぞ見破ったと中野さまも感心なさっていた。見破ったのは、月浦魚之進だと言うと、そなたのことはよく覚えておられていて、感心ひとしきりだったぞ」

「いやあ、それは……」

「そのうち、お褒めの言葉があるだろう」

「そんなことは」

魚之進は慌てて両手をひらひらさせた。

「それで、中野さまもさすがに尾張藩相手となると、やれることは限られてくる」

「でしょうね」

いくら上さまお気に入りの側近で、いまをときめく中野さまでも、身分は五百石の旗本に過ぎない。御三家の尾張藩とまともに対峙することは難しいだろう。

「だが、尾張藩と付き合いのある江戸表の大名屋敷の者たちと話をされ、上さまがご不審を抱いておられるということで話をなさったらしい」

「ははあ」

「中野さまが話をなさったものは、皆、尾張藩にいる昵懇《じっこん》の者にその話をした。十名ではきかないらしい」

「尾張藩は驚いたのでは？」

「だろうな。まあ、誰が中心になっているのかはわからぬが、その人も当然、耳にしたであろう。それで、このまま元春さまを勝手に動かしておくのはまずいと」

「ええ」

「当然、尾張藩は江戸にいる北大路魯明庵こと徳川元春さまを、尾張に呼び寄せてしまうはずだよな」

「しないので？」

筒井の口ぶりからすると、どうも違うらしい。

「呼び寄せようにも、魯明庵はこのところ、江戸にはいなかったらしい」

「ははあ」

確かに、ここ最近は魯明庵を見かけなくなっている。だが、ついこのあいだまでは、青い飯を流行らせるので、深川の尾張藩邸などに出没していたのだ。

「さらに、尾張藩邸では、魯明庵などという者は知らぬとまで言い出しているそうだ」

「あれだけ出入りさせといてですか」

魚之進は呆れた。

「まあ、そういうものさ。それでも、かなりの効果はあったはずだぞ」

「はい」

「迂闊《うかつ》なこともできまい」

「でしょうね」

これで毒や疱瘡にまつわることがあれば、かならず尾張藩に目が向けられるのだ。尾張藩でも、幕閣はもちろん、巷《ちまた》の評判も怖いはずなのである。

「しかも、今回は、お庭番《にわばん》もずいぶん動いてくれているみたいだな」

「そうですか」

お庭番に加えて、伊賀者である服部洋蔵《はっとりようぞう》もよくやってくれているのだろう。

「この数日のあいだに、江戸に来ていた土居下御側組の半数が、国許へもどったという報告もあるらしいぞ」

「そうなので」

「やつらだって、お庭番や伊賀者たちとまともに戦おうとは思わないだろう」

「そうですよね」

だとしたら、いくらかはホッとできる。

「それにな。尾張藩が知らないというなら、わしらは魯明庵のこともどうにでもできるということだわな」

「そうですよね」

であれば、単なる美味品評家に過ぎないのだ。

「見かけたら声をかけ、番屋に連れ込んで、いままでのことを問い質《ただ》すことくらいは、してもかまわぬぞ」

「わかりました」

魚之進は、微笑《ほほえ》んでうなずいた。だいぶ風向きが変わったみたいである。

四

奉行所から出ると、いつも岡っ引きたちがたむろしているあたりで麻次が待っていた。

「おや、旦那。顔色がいいですね」

麻次は魚之進を見ると、すぐに言った。

「そうかね。おいらはすぐ、顔に出るのかな」

「なにかいいことでも？」

「うん。魯明庵を追い詰めることができるかもしれねえぜ」

「へえ」

「見かけたら、捕まえて構わないと、お奉行から言われたんだ」

「そりゃあ、凄い」

「まあ、あいつが暴れたら、おいらたちも苦労はするだろうけどな」

「なあに、そうなったら、あっしも必死で暴れますよ」

麻次は懐《ふところ》から取り出した十手の紐を握り、くるりと回して言った。

「そうしてくれ。ただ、なにも名目なしで捕まえるのはまずいよな」

「確かに」

「どのあたりから攻めようかね」

「そりゃあ、青い飯でしょう」

「そうか」

青い飯は、葵の飯である。しかも、葵のご紋とよく似たきゅうりの断面が、わざわざそう見えるように切って出したりもした。不埒《ふらち》な行為だと咎《とが》め、上さま暗殺計画の全貌に迫るきっかけにできるだろう。

「野郎が朝顔で色をつけさせたのもわかってるんですから」

「だよな」

あの店に行ってみることにした。

蔵前《くらまえ》に来てしばらく行くと、

「あれ？」

麻次が首をかしげた。

「そこでしたよね」

あったはずの一膳飯屋がない。

空き家になって、「貸します」の札が貼られている。

隣の下駄《げた》屋に声をかけ、

「ここにあった飯屋は？」

「夜逃げしましたよ」

「夜逃げ？」

「三日前です」

「あんなに流行ってたのに？」

「まあね。でも、いま、考えると、青い飯はあぶねえ商売でしょう」

「なんで？」

魚之進はしらばくれて訊いた。

「なんでって、青いは、葵の御紋に通じるでしょうが。それを食ってちゃ、やっぱり駄目でしょうよ」

やはり、皆、それを知ってて、食べていたのだ。

「碧《みどり》ちゃんていう女の子がいたよな」

「ああ。あれはその何日か前にやめてたみたいです」

「ふうん」

あのおやじは、このまま青い飯なんかやっていると、まずいことになると悟ったのだろう。もしかしたら、碧ちゃんが忠告したのかもしれない。

蔵前から、外神田《そとかんだ》のほうを回ろうかと歩いていると、途中の大名屋敷の潜《くぐ》り戸から出て来た赤塚専十郎にばったり会った。

「よう。月浦」

赤塚は悪びれたようすもなく手を上げた。中間と岡っ引きもいっしょである。

「ここは？」

魚之進は、大きな門を見上げながら訊いた。

「うむ。伊勢《いせ》の藤堂《とうどう》さまのお屋敷だよ」

「藤堂さま……」

大藩である。だが、町方同心の赤塚がなんの用があったのか。

「ここは、十貫寺《じっかんじ》隼人《はやと》が面倒を見ていたところでな。あいつが亡くなったもんだから、おいらにお鉢が回ってきたわけさ」

「ははあ」

大名屋敷とはいえ、江戸の町人たちとまったく関わりを持たずにいるわけではない。商人も出入りすれば、藩士は町で買い物をしたり、遊んだりもする。そのとき、なにか揉《も》めごとが起きても、屋敷内に持ち込んで解決するわけにはいかず、といって大騒ぎにもしたくない。そんなとき、町方の同心と親しくしておくことで、都合よく揉めごとを解決してもらえるのだ。もちろん、ただではない。

そのため、同心たちはそういうお得意さまを持っていて、袖の下と言うと穏やかではないが、少なくはない副収入を得ているのだ。むろん、これは上司も皆、していることで、奉行所内でも黙認されている。

「おめえもそろそろ、そういうのをいくつか持たないとな」

と、赤塚は言った。

「持たないと駄目なんですか？」

「駄目ってことはねえが、別に実入りがあれば、いろいろ助かるだろうが」

「はあ」

「いまは独り者でも、そのうち女房をもらわにゃならねえ。そしたら、同心の給金だけでやっていけると思ってるのか？」

「やっていけないんですか？」

「いけっこねえだろうが」

と、赤塚は呆れたように言い、

「そうだ。今朝、話したばかりの食通の殿さまの藩だがな」

「ええ、茹でた孫の」

「そうそう。あそこをおめえに譲ってやろう」

「おいらに？」

「小藩だけど、最初に関わるにはそのほうがいいだろう」

「そしたら、赤塚さんの取り分が」

「心配するな。じつは、十貫寺が引き受けていた大名家の仕事があと二つおいらに回ってきたのさ。さすがにどこも大藩だ」

「そうなので」

であれば、実入りも大きいのだろう。

「月浦、あまり堅苦しく考えるな。こっちは適当にやればいいんだ。それに、お前の兄貴だってやってたんだぜ」

「そうですね」

はっきり訊いたことはないが、兄貴も、そしておやじもたぶんやっていた。それで藩もこちらもお互い助かるのであれば、味見方の仕事に差し支えない程度なら、やってみてもいいのかもしれない。

五

「ちょうどいい。すぐそこなんだ。いっしょに来てくれ」

赤塚はさっそく魚之進を紹介するという。

確かにすぐ近くで、外神田の町人地を抜けた、神田明神下《みょうじんした》あたりの、こぶりの大名屋敷だった。

「播磨《はりま》林田《はやしだ》藩の建部《たけべ》さまの屋敷でな。おいらは用人の田淵《たぶち》さまと親しくさせてもらってきたんだ」

赤塚はそう言って、門番に声をかけ、用人の田淵を呼び出してもらった。まもなく話が通じて、

「どうぞ」

と、なかに通された。麻次や赤塚が連れている中間と岡っ引きは、門の外で待たせておいた。

玄関脇の小部屋に入ると、五十代とおぼしき小太りの、頭は白髪なのに眉は真っ黒い武士が現われ、

「どうした、赤塚さん」

おだやかな笑みを浮かべて言った。

「じつは、この男を田淵さまに紹介しようと思いまして」

「ほう」

「月浦魚之進と申しまして、亡くなった月浦波之進の弟ですよ」

「なんと」

田淵は目を瞠《みは》った。

「顔は似てませんが」

「そうじゃな」

「頭の切れ具合は兄貴に負けません」

「それは頼もしい」

赤塚は、魚之進を見て、

「じつは、もともとこちらは波之進がお世話になっていてな」

と、言った。

「そうなので」

それから田淵に、

「魚之進も一人前になったので、そろそろこちらとお付き合いをさせようと思った次第なんですよ」

大藩を新たに三つも抱えたからとは、むろんないしょにしておくのだろう。

「それはもう、わしに異存はないよ。魚之進さん、頼むよ」

田淵は微笑みながらうなずいた。

「はっ」

思いがけないなりゆきだった。

「赤塚さん。あんた、もう、あの話をしたんじゃないのか？　茹で卵の」

と、田淵が言った。

「いや、まあ。こちらの殿さまの人となりを伝えるのに恰好の話ですので」

「そうじゃな。まあ、そういう殿なので、いろいろ食のことで訊いたり頼んだりすることもあるかもしれんのでな」

田淵は魚之進を見て言った。

「じゃあ、おいらはここで失礼して。月浦は、田淵さまともうちょっとお話しさせてもらえばいい」

赤塚はそう言って、先に帰ってしまった。

田淵は赤塚を見送ると、魚之進に向き直り、

「月浦さん。うちの面倒を見てもらうについて、なにか知っておいたほうがいいことがあれば、なんでもお訊きくだされ」

「は、じつはあの茹で卵の件なのですが」

「うんうん」

「こちらに、跡継ぎに関する揉めごと……いや、別に差し出がましいことを言うつもりはないのですが、ちょっと気になったものでして」

やはり、どう考えても赤ん坊を湯に長いこと浸けるというのは変だろう。

「さすがに兄譲りの鋭さじゃな」

「え？　と、おっしゃいますと？」

「じつは、殿といっしょに湯に入った若君は、ご長男の正妻に初めてできた孫でしてな。殿もたいそうお喜びのわけさ」

「ええ」

「ただ、この若君は初孫ではない。国許《くにもと》にはお側女《そばめ》とのあいだにできた三歳になる男の子がおって、この子がまた、なかなか賢いので、すっかり跡継ぎになってもらうつもりでいた連中も多いのだよ」

「ははあ」

「もしかして、跡目争いで？　と、思ったのかな。若君を湯で死なせてしまおうと画策したのでは？　と」

「いや、まあ」

まさにそうなのだが、魚之進もいきなりそんなことは言えない。ましてや、この田淵用人の立ち位置すらわかっていない。

「死なせるにしても、茹でてしまおうなんて、突飛な方法は取るまいよ」

「でも、殿さまの食いもの道楽と、茹で卵の駄洒落から思いつくということもありうるのではないでしょうか」

「駄洒落？」

「茹でた、孫……」

「あっはっは。それは面白い。だが、国許派もそこまではせんだろう。じっさい、ちょっと風邪《かぜ》を引きやすい若君のため、いろいろ奔走《ほんそう》して、今度、身体にいいハチミツを入手してくれていてな」

「ハチミツを」

嫌な感じがした。

「毒殺を心配するかな？」

「いや、まあ」

魚之進なら心配する。

「大丈夫じゃよ。殿は若いときに食中毒でひどい目に遭《あ》ったのでな、食べものの毒については、ご自分もそうだが若君に対しても、きわめて注意を払っておられる。今度のハチミツでも、若君に舐《な》めさせる前に、身体の弱い藩士や女中がそれを毎日舐めて、毒ではないとわかってから若君にも与えることになっているのでな」

「だが、なぜハチミツを？」

と、魚之進は訊いた。

「なぜ？」

「甘いものは、子どものうちは与えない親もいると聞いてますが」

もう一つ、ハチミツはあまりにも味が強いので、毒の味も隠してしまう怖れがある。だが、それは言いにくい。

「砂糖は駄目さ。あれは子どものうちから与え過ぎると、虫歯にもなれば、ボーッとした若者になり、やがて消渇《しょうかち》（糖尿病）となってしまう。だが、ハチミツはそこまではならないうえに、滋養強壮にも役に立つ」

「そうなのですか」

滋養強壮にいいとは、魚之進もよく聞く。

では、跡目争いの心配はないのか。だが、魚之進は、茹でた孫の一件を思うと、どどうしても心配になってしまうのだった。

六

林田藩邸から出ると、魚之進は待っていた麻次に、

「いきなり面倒なことになっちまった」

と、言った。

「なんなんです？」

「もしかしたら、この藩の内部で跡目争いが起きていて、幼い若君の命が危ういかもしれないのさ」

いま、玄関から出るときにちらりと振り返ると、廊下に立ち聞きしていた女中の姿が見えた。その表情が、いかにも屈託ありげだったのだ。やっぱりこの藩邸は怪しい。

「そりゃあ、いけませんね」

「ハチミツのことを調べたくなってきた」

「ハチミツ？」

「江戸でミツバチを飼っている人がいるらしい。その人に話を訊きたいな」

「どこにいるか、わかってるんですか？」

「いや、わからない。でも、文吉に訊けばわかる」

と、魚河岸近くの味見師文吉のところにやって来た。

「あんた、このあいだ、江戸でミツバチを飼ってる女の人がいると言ってたよな」

「ええ」

「その人を紹介してもらいたいんだ。ハチミツのことで訊ねたいのでな」

「夜、行きます？　それとも、昼にします？」

と、文吉は訊いた。

「なんだよ。おかしなことを訊くなあ。そりゃあ仕事だもの、いまから訪ねたいよ」

「わかりました。それでは浅草の橋場に行きまして、白鬚《しらひげ》ノ渡しで舟に乗ってください。それで、向こう岸についたら、東のほうに向かって、景色を見ながら歩くのです」

「景色を見ながら？」

「花が咲いていたら、その花をじっくり見てください」

「花をな」

「すると、花が咲いているところにはミツバチが来ているはずです。それで、花から飛び立ったミツバチが帰って行くのを追いかければ、その女に会えます」

「なんだ、そういうことか」

ずいぶんまどろっこしい説明をしたものである。

「あっしからの紹介だと言ってもらえたら嬉しいです」

文吉は、ふいに窓の外を見て、切なそうな顔をすると、

「名前はすみれっていいます。いい名前でしょ。大年増《おおどしま》ではありますが、すみれのような見た目の女です」

「そうなのか」

「あっしのことなんか、忘れているとは思いますが」

「どういう間柄なんだい？」

「まあ、それは」

「でも、夜、訪ねると言ったら、どこを教えてくれたんだい？」

「銀座《きんざ》です」

「銀座かあ」

正式には新両替町《しんりようがえちよう》だが、あのあたりの連中は皆、銀座と呼んでいる。

「二丁目のところを木挽町《こびきちよう》に入ったあたりにある飲み屋を教えるつもりでした。そこの女将《おかみ》をしてましてね」

「そうなのか」

文吉に礼を言い、麻次とともにそのすみれのところに向かうことにした。文吉は浅草の橋場に行けと言ったが、どうせ渡し船に乗るなら、ここから乗って行ったほうが速い。江戸橋のたもとで猪牙舟《ちよきぶね》を拾って、「白鬚ノ渡しの東岸まで」と告げた。

白鬚ノ渡しのところで舟を下りた。

「あ」

魚之進は、下流のほうを見て、目を瞠った。

「なんです？」

一町ほど向こうのこじゃれた邸宅を指差して、

「あそこは中野石翁さまのお住まいだ」

「そうでしたっけ」

今日も、訪問者が相次いでいるらしく、裃《かみしも》姿の武士がちょうどなかから出て来たところだった。

もちろん、魚之進が勝手に中野石翁邸を訪ねることなどできない。

「いまはそれどころではないか」

と、周囲を見回した。

小川のそばに菊の花の群生があった。近づいてみると、ミツバチがいた。よく見かけるハチや、巨大なスズメバチと違って、丸まっちくてなんとなく愛らしい。いかにも真面目な働き者みたいである。

「いたよ、麻次」

「ええ。あ、もどりますよ。あっちですね」

「ミツバチの跡をつけるのは初めてだな」

「まったくです」

だが、ミツバチは速い。たちまち見失ったが、ほかのミツバチも飛んで行く方向にしばらく進むと、小さな農家があり、庭に女が出ていた。派手な着物で、農家の女房には見えない。足元には木箱が置いてあって、無数のミツバチがたかっているのもわかる。

「ちと、お訊《たず》ねするが」

魚之進は声をかけた。

「はい」

「すみれさんというのは？」

「あたしですが」

文吉から道順を聞いたときは、まどろっこしい教え方だと思ったが、なかなかいい教え方だったのだ。

すみれは、四十にはなっていないだろう。なるほど大年増には違いないが、かなりの美人である。色白で、肌がしっとり潤っているのも見て取れる。少し下がり気味の目は、いかにも優しげだった。

「刺しますか？」

近づく前に、魚之進は訊いた。

「いまどきは、あまり刺さないわよ。でも、怒らせることはしないでね」

「怒らせるって？」

「あたしに意地悪したりすると、いっせいに向かって行くわよ」

と、すみれは笑った。

「味見師の文吉さんの紹介で来たんです」

「ああ、はい」

すみれは微妙な笑みを浮かべた。どういう関係かとは、ちょっと訊きにくいような微笑みである。

「ハチミツのことを訊きたくて来たんです」

「商売がらみ？」

「いえ。おいら、じつはこれでして」

と、腰のほうから十手を出して見せた。

「あら。町方の旦那らしくないのねえ」

「そうですか。なんの仕事に見えます？」

「仕事というより、お旗本の八男坊ってとこね」

「八男坊ですか」

旗本の八男坊と、同心の次男坊では、どっちが肩身が狭いか、難しいところかもしれない。

「冷や飯食いどころか、冷や湯飲みみたいな感じがする。でも、そういう男って、いざ仕事させると、意外にやれたりするんだよね」

この人とは、一晩中、他愛ない話をしてしまいそうである。

「銀座の飲み屋の女将さんだと聞きましたが？」

「そうなの。あたしは、夜は蝶のようにひらひらと舞うように働き、昼はこうやってミツバチと戯れるのよ」

「なんでまたミツバチと？」

「あのね、夜の飲み屋に来るお客の相手って、なかには楽しい方もいるけど、基本、凄く疲れるの。だから、せめて昼間はおべんちゃらを言わなくて済む相手と戯れたいのよ。しかも、ミツバチはこうして、おいしくて、身体にいい蜜をつくってくれるでしょ」

「ハチミツって、ほんとに身体にいいんですか？」

「もちろんよ。風邪をひいたら、ハチミツよ。咳《せき》止めにもなるし、滋養強壮の効果もあるから、早く治るしね」

「ほう」

「火傷《やけど》にも効くわよ」

「塗るんですか？」

「そう。それと、ハチミツになにかを漬けておいたら、まず腐ったりはしないわよ」

「女将さんは売ってるんですか？」

「あたしが使う分の残りをね」

「高いんでしょうね」

魚之進にも買えそうなら、お静《しず》への土産《みやげ》にしてもいい。

「そりゃあね。一壺で一両頂いてるの」

「諦めました」

「ま、ハチミツ舐めなくても元気そうだもんね」

女将は魚之進を見て微笑んだ。

そんなにいいものなら、やはり若君暗殺というのは見当違いの妄想だったかもしれない。

「だったら、赤ん坊に舐めさせるのも悪くはないんですね」

魚之進がそう言うと、女将は急にあわてて、

「あ、ダメ。ハチミツは赤ん坊に与えるのはぜったいにダメよ」

ぴしゃりと言った。

「そうなんですか？」

「大人には薬でも、赤ん坊には毒になるの」

「赤ん坊には毒？」

やはり、やつらは若君暗殺を狙ってるのだ。

「どうも、大人にはよくても、子どもには強過ぎるのかもしれないの。死んじゃうことだってあるのよ」

すみれが言うのは迷信などではない。

江戸の医学では明らかにされていないが、これはボツリヌス菌のしわざなのだ。芽《が》胞《ほう》という形で地面に一般的にある菌で、ミツバチにくっついてハチミツのなかに入ってしまう。抵抗力のある大人なら大丈夫だが、赤ん坊は腸内環境が未熟なため菌に負けてしまう。そのため、現代でも、赤ん坊にハチミツを与えるのはよくないとされている。

「そのことで、何日か前にも、あたしに相談しに来た人たちがいたわよ」

すみれは気になることを言った。

「どういう人たちでした？」

「たまに銀座の店に来てた人たちなんだけど、どこか小藩の江戸屋敷にいる人たちじゃないかしらね」

「藩の名前は？」

「常連さんじゃないので、そこまではね。でも、ハチミツを使った毒殺が心配だって言ってたわよ」

「それは……」

田淵たちのことだろうか。

「そんな物騒なことを、あたしに訊かれても困るわって言ったの」

「すると？」

「赤ん坊にハチミツを舐めさせては駄目だって話を聞いたけど、本当か？って訊くから、それは本当のことよとは教えてあげたの」

「そうでしたか」

魚之進は麻次を見て、

「どうしよう？　たぶん、そろそろ舐めさせてしまうかもな」

「まずいですね」

と、麻次もうなずいた。

魚之進はしばし考えて、

「うん。ちょっと、そのハチミツを舐めさせてもらえませんか？」

「どうぞ」

「あ、これはやさしい味だ」

「そうなの」

「これだと、カエデの蜜と区別がつかないな」

「カエデの蜜ってなに？」

「いや、こっちの話です。すみれさん、その壺は連中が買って行ったハチミツの壺と同じですか？」

「同じだけど」

両手に載るくらいの小さな瀬戸《せと》焼きの茶色い壺である。

「空の壺を一つ、いただけませんか」

「はい、どうぞ」

「よし、ええぞ屋に行くぞ」

その足で、葺屋町《ふきやちょう》のええぞ屋に行き、まだ残っているカエデの蜜を分けてもらった。

「もう残り少ないんですけどね」

と、文句を言ったが、

「赤ん坊の命を救うためだぞ」

「そうなので」

「替わりにハチミツを使えばいい。カエデの蜜によく似たものもある。なんなら、江戸でハチミツを採っている人を紹介しようか」

そう言って、ふたたび林田藩邸に向かった。

七

またしても、しかも息せき切って現われた魚之進に、

「おう、月浦さん、どうした？」

用人の田淵は目を瞠った。

「やはり、ハチミツのことが心配になりまして、わたしも毒見させていただくことはできませんか？」

「ああ、かまわんよ。壺はやたらに触れぬよう、こっちの棚に保管してあるのでな」

奥の間に案内された。

ここには見張りの武士もいて、怪しい者は近づけない。

魚之進は、たもとのなかに、カエデの蜜が入った壺をさりげなく隠している。

「舐めるときは、使い捨てのこれを使うのじゃ」

田淵は竹製の耳かきみたいなものを出してくれた。

「ありがとうございます」

壺にそれを入れるとき、

「え？」

魚之進は庭のほうを見て、不審げな顔をした。

「どうした？」

「いま、誰かのぞいていたような」

「なに？」

田淵はそちらを見に行った。その隙に、カエデの蜜の壺と、すばやく交換した。

「誰もおらぬようだがな」

「そうでしたか。では、確かめます」

替えたほうの蜜を舐めた。

ハチミツとよく似ている。魚之進もいろいろな甘味を試してきたので、なんとなく違いは感じるが、そんな経験がない者はまずわからない。

ぺちゃぺちゃと音を立てて舐めてから、

「ああ、これは毒はないですね」

「一度でわかるか？」

「ええ。わたしは味見方ですので」

「さすがだな」

田淵は頼もしそうに魚之進を見た。こんな顔で見られるのは、生まれて初めてではないか。これも、兄貴への信頼があったからだろう。


「どうでした？」

外に出て来た魚之進に、麻次が訊いた。

「とりあえず、これでハチミツの心配はなくなった。だが、この計画のことを田淵さまに打ち明けてもいいものかは、まだわからないな」

「もし、その田淵さまが国許派だったら」

「おいらはお払い箱だな」

奉行所にもどって、赤塚に訊いてみることにした。

魚之進が同心部屋に入ると、赤塚はすでにもどっている。

「赤塚さん、じつは……」

と、ハチミツの一件を手短に説明すると、

「なんと、そんなことがあったのか。うむ。田淵さまはどっちなんだろうな。あの人はいつもにこにこしてるから、どっちつかずなんじゃねえのかな」

「じゃあ、誰に打ち明ければいいんですか？」

「それをおいらに訊かれても困るだろうよ。あそこはもうおめえの縄張りだ」

赤塚でも埒《らち》が明かず、魚之進は外で待っている麻次のところにもどった。

「駄目だ。赤塚さんは、内紛についてはまったくご存じなかったよ」

「旦那。もしかしたら、あのすみれが知っているかもしれませんぜ。ああいう人たちってのは、客の話を聞いてないようで、じつはよく聞いていて、口にはしないけど、内情もよく知ってたりするんですよ」

「ほう」

「そろそろ店に出て来るころでしょう。行ってみませんか」

「そうしよう」

と、今度は夜の銀座に向かった。今日は朝からずいぶん動き回っている。さすがに疲れてきた。

夜の銀座は、昼間とはずいぶん趣《おもむき》が違っていた。

新両替町二丁目を横道に入ると、その店があった。黒板塀に囲まれ、入口に〈すみれ〉と書いた小さな明かりが出ている。すでに盛り塩もしてある。

「これか」

「飲み屋というより料亭みたいですね」

敷居が高く感じるが、この際、しょうがない。

なかに入ると、土間はなく、広間のところどころが屏風《びょうぶ》で仕切られている。太いろうそくがあちこちに立っているので、暗くはないが、やけに豪華な感じがする。

入口近くにいた女が、

「誰か呼びましょうか？」

と、訊いてきた。

「いや、女将さんに」

「はい」

女が奥のほうに消えると、まもなくすみれがやって来た。

「あら、昼間の同心さま」

「じ、じつはもっと訊きたいことができちまって」

すっかり気後れしている。

「では、どうぞ、こちらに」

広間のわきの小部屋に通された。床の間には、金箔に描かれた虎の絵が飾られ、広間よりさらに豪華な感じがする。

「いっぱいお飲みになる？」

すみれが訊いた。昼の明かりで見るよりも、何十倍も色っぽい。そのくせ、清らかな風情《ふぜい》も漂わせる。

「いやいや、滅相もない。仕事で伺ったのでして」

「なにかしら？」

「昼間言ってたハチミツのことを訊きに来た客のことなんですが、そのなかに五十くらいの頭は白髪なのに、眉はやたらと黒い武士はいませんでした？」

すみれは小首をかしげてしばし考えると、

「田淵さまのこと？」

と、言った。

「そうです。あ、やっぱり仲間だったのか」

魚之進が思わず顔をしかめると、

「ううん。田淵さまはそのお仲間じゃないわよ」

「え？」

「一度、その人たちといっしょに来たけど、先に帰ったあと、ほかの方たちは、田淵さまの悪口をひとしきり話してたもの。まったく、あの人はにこにこしてるわりに、頑固な男だとか、世継ぎは正妻の御子というのは考えが古いとか、ぼろくそだったわよ」

「そうだったんですか」

「あたしがこんなこと言ったなんて、ぜったいないしょよ。あなただけにね」

すみれはそう言って、恥ずかしそうに笑った。

「では、お邪魔しました」

と、急いで退散しようとしたが、魚之進はふと思いついて、

「文吉さんのことなんだけど」

と、振り返った。

「ああ、文吉さんね」

「どういう間柄なので？」

「単なるお客さんだったのよ。よく来てくれてて、あたしのことも気に入ってくれたみたいなんだけど、なんて言うか、うちは高いのよ」

「ははあ」

「溜まっちゃってね」

「払いが？」

「そう。それで言ったのよ。あたしは商売してんのよって。そしたら、ものすごく衝撃を受けたみたいで、溜まってた半分ほど払って来なくなったの」

「なるほど。よくわかりました」

店を出ると、

「恋と金に敗れると、男はああいう切ない顔をするんだなあ」

魚之進はしみじみと言った。

だが、そうなってしまった文吉の気持ちもわかるような気がした。やはりあの女将は、すみれというより、それにとまる蝶々なのだった。

八

翌日——。

魚之進は一人で林田藩邸に向かい、用人の田淵にいままでわかったことを魚之進が打った手も含めてすべて打ち明けた。

「なんと、若君さまを亡き者にしようとしたのか」

「二度までもです。茹で卵の件もそうですから」

「おきねを呼ぼう」

「おきね？」

「今朝、若君にあのハチミツ——月浦さんが取り替えておいてくれたやつだが、それを舐めさせた女中だよ。茹で卵のときも、あやつがいろいろ入れ知恵をしておったのだ」

「田淵さま。一味が居直ると、乱闘になりかねませんよ」

さすがに田淵の表情から、いつもの温厚な笑みは消えている。

「心配するな。江戸表にわしより腕の立つ者はおらぬ」

ところが、おきねといっしょに、若い藩士二人が足早にやって来て、

「われらのしたことは、国許のご家老さまのご命令だ」

そう言って、いきなり田淵に斬ってかかった。おきねが呼ばれた時点で、すでに計画が発覚したと悟ったらしい。

魚之進も一瞬、唖然となった。

だが、田淵もたいしたもので、すばやく腰の刀を抜き放ち、これに合わせた。

カキン、カキンと火花が飛ぶ。

初老の男と、若者二人の対決である。

「争闘だ。誰か、出でませい！」

魚之進が怒鳴ると、

「呼ぶな」

と、田淵が言った。

「え？」

「わしも、誰がどっちの派なのか、区別がついておらぬ」

「なんと」

うっかり呼ぶと敵が増えるかもしれないのだ。

田淵は二人相手になんとか斬り込みをかわしつづけている。これを黙って見ているわけにはいかないだろう。

「加勢します」

そう言って、魚之進は十手を構え、わきから手前にいた若い武士の首筋を叩いた。

「むぐっ」

と、倒れたと思いきや、

「町方。なにをする」

おきねがわきからしがみついてきた。

これはすまないと思いながら、衿《えり》を摑み、腰を使って投げると、高々と飛んで、庭に落ちて気を失った。

すでに、二対一にはなっていたが、魚之進はもう一人にもかかっていき、足元にしゃがみ込みながら、十手で脛《すね》を殴《なぐ》りつけた。いわゆる弁慶《べんけい》の泣きどころだから、

「うわっ」

と、悲鳴を上げながら、畳《たたみ》の上を転げ回った。

「縛りますか？」

「縛ってくれ」

縄は持ってなかったので、十手でもう一度、二人の首筋を打ち、動けなくさせたうえで、二人の帯をほどいて後ろ手に縛り上げた。おきねはようやく立ち上がったが、ふらふらしているので、そのままにしておいた。

そのころになって、

「どうなさいました？」

四人ほど藩士が駆けつけて来た。もしかしたら四人とも国許派かもしれないので、魚之進は緊張した。

「あ」

一人が愕然《がくぜん》となって膝《ひざ》をついたので、この藩士は国許派だったのだろう。あとの三人は田淵を気遣ったので、魚之進もようやくホッとしたのだった。

九

この日の夜である。

魚之進が役宅にもどって晩飯を済ましたとき、

「月浦さま。麻次親分がお呼びです」

大粒屋《おおつぶや》の手代の武吉《ぶきち》がやって来て言った。

「麻次が？」

麻次とは、さっき奉行所のところで別れている。あのあと、引き返したのだろうか。

「誰かを捕まえたいみたいです」

「わかった」

「できれば、町人ぽい恰好で来てほしいって」

「町人ぽい？」

「逃がしたくないんでしょうね」

「わかった」

急いで浴衣《ゆかた》を出してもらい、髷《まげ》は町人ふうに結い直す暇《ひま》はないので、指を入れてくしゃくしゃにすると、十手は後ろに隠した。

それから、通二丁目《とおりにちょうめ》の大粒屋まで走った。

「あ、旦那。すみません、おくつろぎのところを」

麻次は、大粒屋の台所の出入り口の横に潜んで、通りを窺《うかが》っていた。店はすでに閉まっている。

「あんたも帰ったんじゃなかったのか」

「いえ、ときどき、ここを見張りに来てたんですよ。なんとか、万吉《まんきち》の仇を討ってやろうと思いましてね」

「それで、いたのか？」

「あいつを見てください」

向かいの店を指差した。やはり閉めてある店の看板の陰から、じいっと大粒屋を窺っている男がいた。わきの家の明かりで、頬にいくつもあばたがあるのも見えた。

「おそらくあいつです」

「よし。おいらは裏から回るよ」

ぐるりと回って、男の後ろに来た。

「おい」

声をかけると逃げようとしたが、すでに麻次も突進してきていた。

懐から匕首《あいくち》を取り出そうとしたが、十手で腕を叩《たた》き、のしかかるように地面に押しつけた。若いが、あまり腕っ節は強くない。麻次がすばやく後ろ手に縛り上げた。

「神妙にしろ」

魚之進は言った。

「へっ」

男は不貞腐《ふてくさ》れた。

「お前のことはずいぶん見当がついてきてるぞ」

「…………」

「お前のおやじは、あの大粒屋の番頭をしてたんだろう？」

「…………！」

ギョッとして魚之進を見た。

「だが、疱瘡にかかって出入りを禁じられた。疱瘡はお前にもうつっていた」

やはり、男の頬には疱瘡にかかった者特有のあばたが、いくつもできていた。

「おやじは、大粒屋を恨み、大川《おおかわ》に身を投げて死んでしまった。それは可哀そうなことだったが、お前が大粒屋を恨むのは、逆恨みというやつだろう」

魚之進がそう言うと、男の形相《ぎょうそう》が変わり、

「逆恨みだと。ふざけるな。おやじは大粒屋のために、一生懸命働いていたんだ。それを疱瘡を持ち込む毒のような人間扱いして」

「そんなことはしてねえだろう」

「じゃあ、なんで出入りを禁じたんだ？」

「それは、疱瘡にかかった者は近づけないというのが鉄則だからだよ。たとえ、旦那がかかっても、大粒屋はそうしたはずだぞ」

「…………」

男は口をつぐんだ。いままで思ってきたことと、なにか違うと感じたのだろう。

「脅迫文で脅してたのもお前だな？」

「脅し？　冗談じゃねえ。おれは金品の要求なんざしたことがねえ。あれは、おれの復讐なんだ」

「見張ってた男を殺したのも復讐だってえのか」

「あれはたまたまで、こっちは刺すつもりなんか、なかったのさ」

たぶんそうなのだろう。臆病な者ほど、すぐに匕首を取り出したりする。

いくぶん落ち着いてきたらしいので、とりあえず茅場町《かやばちょう》の大番屋まで連行することにした。

「お前は、北大路魯明庵を知ってるよな？」

と、魚之進は訊いた。

「ああ」

「やつとはどういう関係だ？」

「関係なんかあるもんか。ただ、おれも大粒屋には恨みがあるんだと言ってたんでな。なんとなく話が合っただけだ」

「それで協力し合うことにしたのか？」

「おれは別に、当てにはしてなかったけどな」

「そりゃあ賢明だったぜ」

なにか手伝ってもらっていたら、秘密を守るため、いずれ命を奪われる。

「ただ、野郎は言ってたぜ」

と、男は言った。

「なにを？」

「いま、名古屋《なごや》で疱瘡が流行っているんだとさ」

「名古屋で疱瘡が……」

魯明庵はいま、江戸にはいない。もしかしたら、名古屋の患者を利用しようとしているのかもしれなかった。

第三話　目黒の金魚

一

へらへらの万吉殺しは、外回りでは長老格の市川一角《いちかわいっかく》と、事情をよく知っている麻次が担当して尋問をおこなった。だいたいが魚之進は尋問というのが苦手で、顔からして下手人に対して睨《にら》みも利かないし、口もうまく回らない。さらに下手人に対して、妙な同情心を起こしがちだし、どうしても吐かせようというときの拷問などはぜったいにやれそうにない。

市川もそこらは心得ているので、

「わかった。おいらがやってやるよ」

と、引き受けてくれた。

尋問は朝早くから始まり、夕方にはほぼ全容が明らかになったという。

奉行所にもどって来た麻次は、

「さすがに市川の旦那は老練ですねえ。たいして怒ったり怒鳴ったりもせず、年寄りの茶飲み話みたいにしながら、じわじわと追い詰めていって、結局、ほとんど自白させちまいましたから」

と、感心して言った。

「おいらがやったら、まだ名前すら訊き出せていないだろうな」

魚之進は心からそう思うのだ。

「いまから万吉の墓前に報告しますよ」

「うん、そうしてくれ」

麻次をねぎらって帰すと、市川に話を聞きに行った。

「市川さん。お疲れさまでした」

「なあに、そう面倒なやつじゃなかったぜ」

市川によると——。

捕まえた男の名は安治《やすじ》。歳はまだ若く、二十三だった。

やはり、父親は大粒屋の三番番頭をしていて、安蔵《やすぞう》といった。店からほど近い裏店《うらだな》に、女房のおさとと、七つになった安治と暮らしていた。

「真面目で、人当たりもよかったそうだよ。ただ、酒が好きで、夜は飲み屋に立ち寄ることが多く、女房はいきつけの店で働いていたのを口説き落としたみたいだな。所帯を持ったあとも、飲み屋通いはつづいていたらしいから、疱瘡もそういうところでうつったのかもしれねえな」

「なるほど。だが、急に死なれて女房子は大変だったでしょうね」

「でも、大粒屋はちゃんとやることはやってあげてたんだぜ。幼い子どもを遺して寡婦になった女房に同情し、少なくない慰労金を出していたんだ」

「いくらだったんです？」

魚之進は市川に訊いた。

「大粒屋に確認すると、五十両だったそうだ」

「大金ですね」

大粒屋は、後のことまでちゃんと考えてあげていたのだ。だから、安蔵の遺族に恨まれているなど思いもしなかったのだろう。

「それを元手に、安治の母親のおさとは飲み屋を始めたんだが、すぐに男ができて、上方に行っちまいやがった」

「そうなので」

「残された安治は、ざる屋をしていた祖父に育てられたが、可愛がられるより、むしろ鬱陶しがられたみたいだ。ずいぶん愚痴や恨み言を聞かされ、そこから逆恨みみたいに大粒屋憎しとなってしまったみたいだな」

悪事を犯す連中は、この手のねじ曲がった気持ちを持つ者が多い。

「ざる屋はやらなかったんですか？」

「それが母親の飲み屋で、手に熱湯をかぶってひどい火傷をし、指の何本かがくっついてしまい、ざるを編むような手作業がやれなくなっちまったんだ」

「可哀そうなところもあるんですね」

どうしても同情心が湧いてしまう。悪事を犯す連中には、かならずそういうところもあるのだ。

「まあな」

「それで、大粒屋から金を奪おうとしていたのでしょうか？」

「金というよりは、恨みからの復讐で、幸せそうにしていたのが憎かったから、とにかく不幸にしてやりたいという一心だったみたいだな」

「そうでしたか」

「それで、万吉を刺したあと、しばらくは近づかなかったんだが、しばらくぶりに大粒屋を見に行くと、そこで魯明庵に声をかけられたんだそうだ」

「ははあ」

「魯明庵は安治の目つきから、大粒屋への恨みを感じ取ったんだろうな。言葉巧みに安治の恨みを吐き出させたんだ。疱瘡が恨みの元と知ると、疱瘡かと、なにやら感心したみたいだったそうだ」

「それが、魯明庵の新たな計画のきっかけになったたんですよ」

魯明庵のことは、奉行所内でも一部の者にしか伝えられていなかったが、昨夜、市川にすべて伝えておいたのだった。

「おそらくそうなんだろうな。ただ、安治の野郎は、なんで魯明庵のことをしつこく訊かれるのか、不思議だったみたいだ」

「そりゃそうでしょうね」

「だが、これで大粒屋も安心だろう」

「ええ。ありがとうございます」

もしかしたら、お静も実家にもどることになる。

また、あの家の暮らしが、しょう油もかけずに食う豆腐みたいになってしまうのだろう。おやじもさぞかしがっかりするに違いない。

二

市川一角との話が終わるとすぐ、今度は奉行の筒井から呼ばれた。

魚之進はすぐに奉行の部屋の前に行き、廊下で手をついて訊いた。

「なんでしょうか？」

魯明庵のことでなにか進展があったのかもしれない。

「うむ。まあ、なかに入れ」

と、筒井和泉守は魚之進を招き入れ、

「じつは、今日の評定所の会議で、おかしな話が出てな」

もどったばかりらしく、茶をすすりながら言った。

「おかしな話ですか？」

「うむ。どうも巷《ちまた》に上さまを愚弄《ぐろう》するような話がまた出回っているらしいのさ」

「それは穏やかではないですね」

「それが食いものがらみでな」

「食いものがらみで上さまを愚弄？」

奉行も知ってる青い飯の件でないとすると、いったいどういう話なのか、見当がつかない。

筒井が語った話は、次のようなものだった……。

いつだったかははっきりしないが、ある晴れた日に、目黒《めぐろ》不動の近くに武士の一団が現われた。どうやら遠乗りに来たらしかった。

目黒川の近くにあまり流行っていない茶店があり、一団は休息のため、そこで馬を止めた。いずれも、着飾った身分の高そうな武士ばかりで、馬までも偉そうである。

茶店の看板娘は、ちょうど食べようとしていた昼飯をわきに置き、呆然と一団を迎えた。

そのなかでもとくにきらびやかな着物で、虎の毛皮みたいなものを腰に巻いた武士が、茶店の看板娘のそばにより、

「お、いい尻をしておるな。ちと、触らせよ」

と、いきなり尻を撫でたりした。

「なにするんだよ！」

娘は怒ったが、武士は気にもせず、ちょうど娘が食べようとしていた飯とおかずとを指差し、

「うまそうだな。それをわしに食わせてくれぬか？」

「あたしが食べるんだけど」

「わしも腹が減ったのじゃ。金は払う。いくらだ？」

「尻も触ったんだから十両だよ」

看板娘はかなり気が強く、思い切ってふっかけた。

だが、その武士はまるでどうということもなく、

「わかった」

と、十両払ってくれたではないか。娘は呆気《あつけ》に取られて、生まれて初めて触る小判を十枚受け取った。

さて、食べてみると、これが思いのほかうまいのである。そのおかずというのは、近所の小川で獲れた小鮒《こぶな》の佃煮《つくだに》なのだが、甘辛さが飯によく合う。

「うまいな。これは、そなたが料理したのか？」

「まあね」

「つくるのは、難しいか？」

「こんなものは誰だってつくれるさ」

「そうか、それはよいことを聞いた」

武士は満足し、一団に号令をかけると、帰途についた。

一団がもどったのは、なんと千代田《ちよだ》の城である。ひときわきらびやかな武士というのは上さまだったのだ。

しかも、もどって何日かしてから、

「今宵は金魚を甘辛く煮たものが食べたい。ぜひともつくってくれ」

と、上さまは大奥の女中に言った。

「金魚ですか？」

どうも小鮒を金魚と思い込んだらしい。もっとも、金魚の元は小鮒だから、佃煮になっていれば、金魚と間違えても無理はない。

お女中たちが急いでつくってくると、これがあまりうまくない。

「どこの金魚だ？」

「お城の池で泳いでいたものですが」

「駄目だ。金魚は目黒に限るな」

そう言ったという……。

筒井の話が終わるとすぐ、

「ははあ。お奉行。それは元ネタがございます」

と、魚之進は言った。

「元ネタ？」

「はい。寄席《よせ》で話される『目黒のサンマ』という噺《はなし》です」

魚之進は兄貴が亡くなって同心になる前は、毎日、暇でしょうがなく、寄席にもしょっちゅう行っていて、たいがいのネタは聞いてしまった。

「そうなのか。月浦、明日の評定所でもそのことが議題になるはずじゃ。そなた、出席して説明してくれ」

「え、わたしがですか？」

「そなたが上さまの件でも忙しいのはわかっている。ただ、もしかしたら、そっちとも関わっているかもしれないのだ」

「そうなので……」

「そう思わぬか。青い飯の件と同様に、これも上さまを愚弄する話になり得るだろう。故意にやっているとすれば、魯明庵とつながってもおかしくはあるまい」

「確かに」

と、魚之進はうなずいた。

三

翌朝——。

魚之進は、筒井が乗ったカゴのわきを歩きながら、

「お奉行。評定所といったら、偉い方ばかりが集まるところですよね」

と、腰をかがめて訊いた。

「まあ、幕閣の会議だからな」

「上さまも？」

「上さまはお見えにはならぬさ」

筒井は笑いを含んだ声で言った。

「中野石翁さまは？」

「中野さまも出席はなさらぬ」

偉いというと、まずその二人を思い浮かべてしまう。

「では、どなたが？」

「とくに重要な裁きがある場合は、ご老中も出席なさるが、今日は来ておられぬ。お

もに、寺社、勘定、町奉行のいわゆる三奉行に大目付、それに十人いる目付のうち大半が出てくるな」

「…………」

いずれも、面と向かって口など利くことのできない幕府の重鎮である。そんなところに出されたりしたら、大奥に行ったときより緊張しそうである。

魚之進の緊張ぶりを悟ったらしく、

「大丈夫だ。わしがついておる」

と、筒井は笑った。

その評定所は、南町奉行所の裏手にあたるいわゆる大名小路《だいみょうこうじ》と呼ばれる道をまっすぐ北に進み、道三堀《どうさんぼり》に突き当たった左手にある。周囲はいかめしい建物ばかりで、むろん見かけるのは裃《かみしも》姿のいかめしい武士ばかり。尻っぱしょりしてひょこひょこ歩く町人の姿などはまったく見られない。

門をくぐったところで、魚之進の胸はすでに高鳴っている。

「二つ目か三つ目の議題だろうから、呼ばれるまで、控えの間で待っていてくれ」

「……っ」

返事をしたつもりだが、声にならない。

待っているあいだも、魚之進は身体じゅうが骨になったみたいにがちがちで、頭のほうはどんよりとしてなにも考えられない。こんなことで、なにか訊かれて答えられるのだろうか? 訳がわからなくなってあらぬことを叫び出したりしないか? そういえば、子どものころ、学問所で急に先生から当てられて、緊張のあまり泡を吹いて倒れたやつがいた……そんなことが思い出されて、不安でたまらない。まさか、洩らしたりするのではないだろうか。

——逃げようか。

と、魚之進は思った。逃げて、家にもどって腹が痛いとか言って、蒲団に潜り込むのだ。子どものころはそうしていた気がする。

「月浦」

ついに声がかかった。

「はい」

いざ、声がかかったら、逃げたいという気持ちは消えた。身体は自分のものではないみたいだが、とりあえず動いて、大広間に入った。それぞれの顔を見るゆとりはない。筒井の後ろに座り、ひたすら平伏したが、

「月浦。寄席の話を説明いたせ」

そう言われて、頭に浮かぶことを話した。

「お奉行から伺った上さまが金魚は目黒に限るとおっしゃったという噺は、寄席で話される『目黒のサンマ』にそっくりなのです。それは、目黒に遠乗りに出た殿さまが、そこの茶店であるじが食べようとしていたサンマをもらって食べ、たいそう気に入って、屋敷にもどってからもサンマを所望《しょもう》すると、出てきたものは骨なども取り除いたまるで別物のようなサンマで、『これはどこのサンマだ？』『日本橋の魚河岸で求めて参りました』『魚河岸？　それではいかん。サンマは目黒に限る』と、そういった話であります。もともと三代将軍さまにあった実話だという噂もあったのですが、ただ、この話は小話みたいに短くて、あまり面白くもないので、寄席でもたまにしかやらない話です」

魚之進がそこまで言うと、

「なるほど、そっくりじゃな」

と、奥にいた歳のいったお人がうなずき、それから出席者があれこれと話し合いになった。魚之進はかしこまって聞いているだけである。

「では、その話を金魚に変えて、いまの上さまのことだとしてばらまいたのかな」

「ただ、上さまはじっさいに目黒に遠乗りに行かれている」

「そうなのか」

「去年の秋のことだった」

「まあ、時季などはどうにでもぼかすことができるしな」

「しかも、上さまは遠乗りの途中、巷のそうしたものを食べたがることは多い」

「では、似たようなことはあったのか」

「遠乗りで、茶店に寄ったことは、わたしもじっさいこの目で見ている」

「目黒でか？」

「わたしが見たのは須崎《すざき》村に行かれたときのことだった」

「では、つくり話でなく、じっさいあった話が広まっただけなのか？」

「いやいや、この話の胆《きも》は、その身分の高いお方が、海のない目黒でサンマが獲れるとか、小鮒を金魚と間違えて、目黒の金魚がうまいと思い込むとか、そういうマヌケぶりにあるわけです。そこまで、じっさいにあったかどうかは疑問でしょう」

「ただ、上さまが遠乗りに出たさきで、そういうことがじっさいあったとすると、この噂はますます広まるな」

「信憑性《しんぴょうせい》というのがありますからな」

「上さまは笑いものになってしまう」

「それは困る」

「ずっと前の話ならともかく、当代の上さまのことと思われるのはまずい」

「もちろん、幕府や武士の権威も失墜するでしょうな」

「まずは、寄席でその話をすることを禁じるか」

「だが、寄席の話は目黒のサンマであろう。こっちは目黒の金魚なのだから、禁じるのもおかしなものではないか」

「第一、あの連中は禁じるとますますやりたがるのだ」

「地下にもぐると、今度は戯作《げさく》だのになって行き渡りますぞ」

「弱ったな」

しばらく列席者は皆、腕組みしたりして、それぞれ対応策を考えているらしかったが、

「味見方とはまた、面白い部署であるな」

と、いちばん奥の歳のいったお人が言った。どうも、この人は寺社奉行であるらしい。

「じつはわたしも感心しておりました。勘定方にもあってもよいかもしれません」

そう言ったのは、勘定奉行の一人らしい。

「筒井どの、発案者は中野石翁どのだそうじゃな?」

寺社奉行が訊いた。

「そうなのです」

と、筒井はうなずいた。

「いままでなかったのが不思議なくらいだ」

「しかも、多大な手柄を立てておりまして」

筒井がそう言うと、

「うむ。それも耳にしておった」

「上さまに毒を盛られたのも防いだのであろう」

「たいしたものだ」

褒め言葉が相次ぎ、魚之進はすっかり恐縮した。

「のう、月浦といったな」

寺社奉行が声をかけてきた。

「ははっ」

ひたすら平伏である。

「この件も、ちと、探ってみてくれぬか。誰がどういう目的で言い始めたのかをだ」

「はっ」

嫌とは言えない。

「まさか、噂を止めることまでは難しいだろうがな」

「できるだけのことをいたします」

そう言って、魚之進は内心、しまったと思った。一人歩きし始めた噂を止めるなんてことが、はたしてできるのだろうか。

四

「まいったなあ」

と、頭を抱えながら、筒井より先に奉行所にもどって来ると、

「月浦さま」

門の前で声をかけてきたのは、味見師文吉ではないか。

「お、ちょうどよかった」

「なにがです？」

「訊きたいことがあったんだ。あんた、目黒の金魚の話は知ってるか？」

「目黒の金魚? いや、知りませんが」

「そうか」

幸いまだ、それほど噂は広まっていないらしい。

「なんなんです?」

「うん、まあ、こんな話なんだけどな……」

ざっと語って聞かせた。

「なるほど。そりゃあ、面白い落とし話ですわな。それより、月浦の旦那、魯明庵が江戸に現われたみたいですぜ」

「なに?」

「昨日、品川《しながわ》のそば屋に来ていたみたいなんです」

「品川に」

「〈海そば〉って、近ごろ評判になっている店なんですがね」

「海そば?」

「タレに海水を少し入れてるので、かすかに潮の香りがするんです。まあ、その加減が難しいんだと、おやじは自慢してるんですがね。ほかにも、エビだの貝だのワカメだのって、海産物もいろいろ使って、店がまた海の見えるところにあるもんですからね」

「いや、店のことはいいよ。それより魯明庵はどうした？」

「あ、そうそう。それで、身体のでかい、着流しで刀を一本だけ差した武士が現われ、そばを食うと、偉そうに趣向は面白いが、そばそのものの味は並みだなと言って、ふところから素焼きの皿を出し、それに〈まあまあの店・認定〉と書いて、代金といっしょに置いて出て行ったらしいんです」

「間違いなく魯明庵だろうよ」

「とは思うのですが、もしかしたら、魯明庵の真似をしたやつかもしれませんし」

「なるほど」

「それで、その皿を見せてくれと言ったら、あるじはむかついたから割っちまったというんです」

「そうか。いや、よく報せてくれた」

魚之進は礼を言って、奉行所に来ていた麻次とともに品川に向かった。

御殿山《ごてんやま》の坂道の途中にその店はあった。

「へえ。ここは場所だけでも、ごちそうですね」

麻次が感心して言った。

品川の海が一望できるばかりか、ここは桜と紅葉の名所でもあり、しかもすぐそばの牛頭天王社《ごずてんのうしゃ》には品川富士と呼ばれる巨大な富士塚もある。一年中、物見遊山《ものみゆさん》の客であふれ返るところなのだ。

「これじゃあ、よほどまずいものでなかったら、流行るわな」

じっさい、大きな店には客がいっぱい入っている。今日は天気もいいので、客は百人以上いるのではないか。そばを運ぶ店の女だけでも五人ほどいる。

そのうちの一人に、

「店のあるじは？」

と、魚之進は訊いた。

「旦那ぁ、お呼びです」

女は奥に向かって声を張り上げた。

「へいへーい」

宴席に呼ばれた幇間《ほうかん》みたいな返事がして、小柄な男が手揉みしながらやって来た。驚くほど若い。まだ二十歳にもなっていないのではないか。二代目なのか、それともよほどの遣り手なのか。

「ちと、訊きたいんだがね」

と、魚之進は客には見えないよう、十手をちらつかせた。

「あらま」

「昨日、ここに偉そうな客が来て、味の品定めをして行ったらしいな」

「そうなんですよ。なんでも、北大路魯明庵とかいうんでしょ」

「なんだ、知ってたのか?」

「いえ。あのあと知り合いにその話をしたら、それは北大路魯明庵という有名なやつだって聞いたんです。それで、魯明庵が『まあまあ』の評価をしたら、けっこうたいしたものなんだって言われましてね」

あるじは嬉しそうに言った。

「だが、それを書いた皿は割っちまったんだろう?」

「そうなんですが、思い直して割った破片を集めて、糊でくっつけましてね」

「あるのか? 見せてくれ」

「へい」

あるじはいそいそとそれを持って来た。

「これなんですよ」

魯明庵の皿はほかでも見たことがある。素焼きだが、「魯」の刻印も入っているし、達筆な文字を見てもやはり本物であることは間違いない。

「ま、次に来たときは、合格を書いてもらおうと思いましてね」

「また来ると言ってたのか？」

「いえ。そうは言ってなかったです。ただ、面白い話をして行きました」

「面白い話？」

「なんでも目黒のあたりに身分の高そうな方が遠乗りに来られたそうなんですよ。それで、茶店の娘がつくった小鮒の佃煮が気に入って、お屋敷にもどって金魚の佃煮をつくれと命じられたそうです。ところが、出てきたものは気に入らず、金魚は目黒に限るとおっしゃったらしいんです。あっしが思うに、もしかしたらそれは上さまのことだったのかと」

「なぜ、そう思う？」

「いや、上さまが目黒に御成りになって、茶店で佃煮を召し上がったという話は聞いてましたので」

「そうなのか」

「ああ」

「だが、上さまの噂などはまずいですよね？」

あるじは、ふいに気がついたみたいに、上目使いになって訊いた。

「うむ。まずいわな」

魚之進は重々しい顔でうなずいた。

「では、その件は口を閉ざしておきますので」

あるじはそう言って、奥にもどって行った。

「魯明庵のやつ、どういうつもりなんだろう？」

「まだ、このあたりにいるんじゃないですか？」

と、麻次は言った。

そうかもしれない。界隈《かいわい》を回ってみようか。だが、二人だけで、あの魯明庵を捕まえることなどできるのだろうか。

「とりあえず、今日は引き返そう」

「わかりました」

「ただ、ついでだから、ここのそばは食っていこうか」

「それはぜひ」

品書きを見て迷ったが、天ぷらの盛り合わせとざるそばを二人前頼んだ。もちろん勘定は払うつもりである。

調理人が多いので、さほど待たせることなく、注文した品がやってきた。天ぷらの盛り合わせは、エビ、キス、アナゴ、イカ、貝のかきあげと五品もある。どれも大きめである。そばも、海苔がたっぷり載っている。特別に配慮したのかとも思ったが、周囲を見ると、やはり同じものである。

「こりゃあ豪華だ」

「ええ」

「値は張るけどな」

「確かに」

ふつうのそば屋の天ぷらそばが、せいぜい三十二、三、四文といったあたりだが、これは天ぷら盛り合わせが四十五文で、ざるそばが二十五文。合わせて七十文である。

「でも、この景色だしな」

「ええ。天ぷら油も胡麻油のいいものですよ」

「ほんとだ」

やはり揚げたての天ぷらは、そばつゆにひたさず、そのままで食べるのがうまい。

「海苔もいい香りですし」

「本場だからな」

品川の海に浮かぶ海苔舟もここから見えている。

「そばもうまいですよ」

「そうだな」

「これにケチをつけるんだから、魯明庵も厳しいですね」

「まあな」

だが、天ぷらはともかく、そばの風味に関しては確かに「まあまあ」かもしれない。たぶん、つなぎが多いのだ。魯明庵はこの期《ご》に及んでも、まだ美味の品評に本気で取り組んでいるらしかった。

五

翌日は――。

またも大奥行きの日である。

三日に一度というのはすぐに回ってくる。毎日とあまり変わらない感じさえする。

おかげで、非番の日はほとんど回って来ない。

ただ、今日はぜひとも訊ねたいことがあった。あの目黒の金魚の話は、どこまでが事実なのかを確かめたい。それで、あの話が広まるのを防ぐことができるかもしれない。

いつものように麻次とともに平川《ひらかわ》御門から入って、いくつもの小さな門を抜けて、大奥の台所へとやって来た。

台所の責任者である八重乃は、魚之進を見ると、顔を輝かせた。麻次がそれを見て、

「むふっ」

と、わざとらしく咳払いをした。

「月浦どの。台所は完璧ですよ」

八重乃は胸を張った。見るたびに整理が行き届き、きれいになっている。こうも整頓されていると、怪しいものを持ち込みにくくなるだろう。

「いいですねえ」

と、魚之進もうなずき、

「じつはこういう噂があるのですが……」

目黒の金魚の話をした。

「金魚の佃煮？」

ちなみに、江戸の佃島《つくだじま》が発祥の地とされる佃煮は、幕末にできたとする説があるが、もっとずっと前からあったとする説もある。この佃煮は参勤交代で全国に広まったともいわれ、とすると、幕末にできたなら広まるための年月が足りない。やはり、相当早くから佃島ではつくられていたと考えるほうが自然だろう。

「ええ。じっさい、上さまが目黒に遠乗りに行かれたのは事実だし、行った先でふだん召し上がれないものを食べたりすることもあるらしいのです」

「そうですか」

「では、お城にもどって、金魚の佃煮を所望なさったかどうかなのですが」

「金魚なんか佃煮にするわけはありませんよ」

ちらりと台所の隅に置かれた甕《かめ》を見て、八重乃は言った。甕のなかには、魚之進の発案で、毒見用の金魚が十数匹ほど泳いでいるのだ。

「いや、金魚でなくても、小鮒などを」

上さまが、小鮒を金魚と誤解なさっていれば、それは小姓から大奥に伝えられ、小鮒でつくるはずである。

「いえ。小鮒なども煮つけたことはありません。だいたいが、骨や小骨のあるものはお出ししてはいけないことになってますし」

「大奥の台所で出してなくても、中奥のお台所でつくったことは？」

「それもないでしょう。もしあれば、鬼役の社家さまや、茶坊主の方たちだって黙っているわけがありません。かならずわたしの耳にも入ってきます」

「やはりそうですか」

ということは、あの話は上さまが、お城で金魚の佃煮を食したいと言うあたりから、創作になったのだろうか。それとも、まるっきりのつくり話なのか。

「月浦どのが気になさっている魯明庵さまも、近ごろはまったくお見えになっていませんよ」

八重乃が言った。

「ああ、魯明庵はもう、大奥に顔を出すことはないと思いますよ」

「そうなのですか？」

「わたしにも魯明庵を捕縛してよいと命令がきているくらいですから」

「あの魯明庵さまを？　ご身分はご存じなのでしょうね？」

「もちろんです。でも、尾張藩に確かめたところ、そのような者は当家とは無縁であるという返事を頂いたのです。だから、北大路魯明庵でいるときは、捕縛します」

「罪状は？」

「とりあえず、青い飯という徳川家を侮辱するような飯をつくらせていますので、それで引っ張るつもりです」

「まあ。そんなことになったら、大奥でも落胆する人は多いでしょうね」

「そうなのですか？　なぜ、魯明庵はそれほどお女中たちに好かれていたのでしょうかねえ？」

　それほど女にもてる顔立ちだったとは思えない。

「それはおそらく、魯明庵さまが流行りのものをいちはやくお女中たちに贈呈したりしたからでしょうね」

「流行りのものを」

「女は流行りものと噂に弱いのですよ。ましてや、このように閉ざされたところで暮らしていると、流行りものには餓《う》えてしまいます。そこへ、これがいま流行っていると持って来られたら、女は誰でも、好意を感じてしまうでしょう」

「なるほど」

　これから自分も、なにか手土産を持ってきたほうがいいのかもしれない——魚之進は、麻次と顔を見合わせた。

「それと、わたしは服部洋蔵さまとも話したいのですが」

魚之進がそう言うと、

「では、御広敷のほうへ」

と、八重乃が案内してくれた。麻次には台所で待っていてもらうしかないが、近ごろは女中が茶を出してくれたり、話しかけてくれたりするので、けっこう楽しい思いをしているらしい。

「あ、あちらにおられますね」

八重乃が御広敷の外に面したあたりを指差した。

服部は、なにやら長持ちを前に、同僚と話しているところだった。

「服部さま」

魚之進は、近づいて行って声をかけた。

「よう、月浦さん」

相変わらず、町方の同心ごときにも丁寧に応対してくれる。

「なにかあったのですか？」

「うん、年寄りの滝山《たきやま》さまに、着物が届けられたのだが、いちおう中身を確かめようと思っていたところなのですよ」

「中身を？」

「ふだんなら、このままお渡しするのだが、これを届けてきた男二人のようすが、ちょっと怪しく感じましてな」

「どんなふうに怪しかったのです？」

「なあに、ちょっとおどおどした感じがあったのですよ。ま、気のせいかもしれませんけどね」

「いや、そういう勘は大事ですよ。ほかに特徴みたいなものはなかったですか？」

「ああ、気になったのは二人とも指が青くなっていたのは目につきましたよ。藍染めでもしてるのですかね」

「指が青い？」

魚之進の眉根に深い皺が寄った。

「どうしました？」

「服部さま。その二人の似せ絵を描くのは難しいですか？」

「似せ絵ですか。さっき見たばかりだから、なんとか描けるかな」

と、紙と筆を借りて、さらさらとかんたんな絵を描いた。これは忍技《にんぎ》と言ってもいいほどの才能である。

「あれ？」

描きながら服部洋蔵は首をかしげた。

「どうなさいました？」

「描いてみて思ったが、この顔はあのとき寛永寺《かんえいじ》にいた坊主によく似ていますぞ」

「なんと」

「うん。間違いない。ほら」

と、描きあげた似せ絵を見せた。

「あ」

魚之進も啞然とした。

「知っている男ですか？」

「この二人は、一膳飯屋で青い飯をつくっていた二人ですよ」

台所にいた五十過ぎの男と、若い男だった。

「青い飯？」

魚之進は、説明した。

「なるほど。それが流行ると、皆、徳川家に反逆している気分になるかもしれませんね。それはいかにも魯明庵がやりそうだ」

「はい。この二人は魯明庵の手先なのでしょう。そして、この長持ちを手配したのも魯明庵だし、中身はおそらく疱瘡の人が着ていた着物なのでしょう」

「そうなのですか」

「名古屋で疱瘡が流行っていると聞きました」

「その着物を大奥の誰かが着れば？」

「疱瘡がうつります。そして、たちまち城内に蔓延《まんえん》することでしょう」

「なんということ」

服部は愕然となった。その反応は、あまり忍者らしくない。

「二人はもうお城を出てしまったでしょうか？」

魚之進は訊いた。間に合えば、身柄を確保してもらいたい。

「間に合うかもしれない。後を追ってみよう」

服部がうなずくと、伊賀者が二人、飛び出して行った。

すると、奥のほうから甲高《かんだか》い声が聞こえてきた。

「わらわ宛ての荷物が来たそうじゃな。なぜ、届かぬのじゃ？」

年寄りの滝山だった。

「あ、それじゃ、それ」

滝山は、服部の足元にある長持ちを指差した。

「滝山さま。生憎ですが、これを大奥に持ち込むことはできませぬ」

と、服部は言った。

「なにを申しておる。これは、名古屋の老舗《しにせ》にわらわが頼んだ着物であるぞ。流行りの柄で楽しみにしておったのじゃ」

「ですが、これはいけません」

と、今度は魚之進が言った。

「そなた、誰じゃ？　御広敷伊賀者ではあるまい？」

「は、町方の同心で月浦と申します」

「無礼者！」

と、滝山はいきなり激怒した。

「は」

魚之進は思わず首を引っ込めるようにした。こんなに怖い人は、奉行所の先輩にもいない。

「たかが町方の同心だろうが。誰にものを言っている？　わらわは大奥の年寄りだぞ。大奥の力を舐めるでないぞ。上さまに生意気な町方の同心のことをお伝えすることもできるのだからな」

「滝山さま。上さまはすでに、この町方同心のことをご存じのはずですぞ」

と、服部洋蔵が言った。

「なんと」

「このあいだ、寛永寺で毒を入れられたのを見破って、上さまの命をお救いしたのもこの者だと告げれば、はたしてどちらの言い分を信用なさいますか」

「ううっ」

滝山が上半身をのけぞるようにさせた。

「なお、新たな疑惑も浮かんでおりますぞ」

「疑惑じゃと？」

「いま、滝山さまの長持ちを届けた者の顔が、あのとき寛永寺にいた坊主たちとよく似ておりましてな。後を追いましたので、捕まえたらなにか新しい事実がわかってくるかもしれません」

「ひえっ」

滝山は変な声を出した。

周囲にいた者は皆、滝山を見た。

「ひえっ、ひえっ」

顔つきも変わっている。目が真ん中に寄って、歯を食いしばっている。食いしばった歯のあいだから、しゅうしゅうと息が洩れている。別の生きものに変身したみたいで、気味が悪いこと、この上ない。

「名古屋の……」

滝山はなにか言いたそうにしている。

「名古屋の、なんでしょう?」

服部が訊いた。

「名古屋のシャチ神さまがお怒りになるぞ!」

滝山が魚之進を指差して言った。シャチ神とはなんだろう。

「シャチ神さまが祟《たた》るぞ。祟っても知らんぞ」

「名古屋にシャチ神さまというのがいるんですか?」

魚之進はそっと服部洋蔵に訊いた。

「いや、わたしは二年ほど名古屋に潜入していたことがありますが、シャチ神というのは聞いたことはありませんね」

「では、誰の心にもいるその人独自の神さまなんでしょうね」

　魚之進は言った。

「ええい。下賤な同心ごときが、大奥に口を出すなど、あきれたものよ。どうなっても知らぬ。勝手にせいっ」

　滝山は踵《きびす》を返していなくなった。

六

　魚之進は大奥から奉行所にもどるとすぐ裃を脱ぎ、気楽な格好になって、麻次とともに目黒に向かった。

　目黒ではすでに、本田伝八たちが『目黒の金魚』の件で訊き込みをしてくれているはずである。

　目黒に着くと、朝からなにも食べていなかったことに気づいて、行人坂《ぎょうにんざか》の途中のそば屋でざるそばを二枚ずつかっこみ、外に出ると、ちょうど本田と中間の吾作《ごさく》が、坂を上がって来たところだった。

「お、どうだ、調べは？」

魚之進が訊いた。

「うん。どうも上さまらしき人たちの一団が、このあたりに遠乗りに来たことは確からしいな」

と、本田は言った。

「だろうな。評定所でも、目黒に遠乗りに行かれたことはあると、おっしゃっていたからな」

「ただ、時季については、去年の秋という者と、今年のついひと月ほど前だったという者と両方がいるんだ」

「ははあ」

「茶店に立ち寄ったのも事実みたいだが、ただ、ここらに茶店はいっぱいあるんだ」

「だろうな」

目黒は江戸から手軽に来ることができる物見遊山の地である。当然、茶店はそこらじゅうにある。

「ただ、怪しいのは三つみたいなんだ」

「三つ？」

「そう。一つはずいぶん昔に、将軍さまがお立ち寄りになったという茶店で、そこでサンマを召し上がったというはっきりしない話が残っているんだ」

「それは、『目黒のサンマ』の元になったところじゃないか」

「そうかもな。ただ、そこはいま、看板娘みたいな人はおらず、子持ちの女将《おかみ》さんが、もっぱら客の相手をしていたんだ」

「なるほど」

「もう一つは、すぐそこの坂の上にある茶店で、去年の秋にやはり上さまの一団らしき人たちが訪れている。ただ、そのときは別になにも召し上がらず、何人かに茶だけお出ししたと言っておった」

「ふうむ」

話をしながら坂の上まで来ると、ちょうどその茶店の前に来た。

「ほら、それがその茶店だ」

本田が指差したのは、藁葺《わらぶ》き屋根の、いくつか縁台を並べただけの、なんの特徴もない絵に描いたような茶店である。看板娘も客もおらず、縁台の一つでは三毛猫が丸くなっていた。

「いい場所だよな」

魚之進は景色を眺めながら言った。

高台にあって、目黒から碑文谷《ひもんや》村を経て戸越《とごし》村一帯が一望できる。今日は見えていないが、晴れた日は富士もよく見えるはずである。坂の下を目黒川が流れ、せせらぎの音も聞こえてくる。

「そして、そっちだ」

と、本田は反対のほうを見て、斜めのほうを指差した。

そこにも茶店があった。

「ついこのあいだ、上さまらしき一団が現われたというのは、その茶店だ」

「ほう」

「ほら、看板娘もいるだろう」

なるほど愛らしい娘が、通り過ぎる人たちにも愛想笑いを向けつづけている。

「お前、一目惚れなんかしてないだろうな」

「お前なあ。怒るぞ」

「いや、すまん。してないならいいんだ」

「だいたい、おれは、ああいう誰にでも愛想をふりまくような女は、あまり好きじゃないんだ」

魚之進は、内心、そうだったかなと思ったが、言わずにおいた。

「それで、あの娘にも話を聞いたんだが、どうもはっきりしたことを言わないんだ。あそこでは、飯と小鮒の佃煮も出しているから、『目黒の金魚』の舞台にはぴったりなんだけどな。余計なことを言うなと口止めされているのかな」

「いやあ。その話を広めたいなら、逆にどんどん言って欲しいくらいだろう」

「そうか」

「もしかしたら、そのとき握らされた金を、取り返されると心配してるんじゃないのか？」

魚之進がそう言うと、

「なるほど。それはあり得るな」

本田も納得した。

「でも、ついひと月前というなら、それは上さまではないぞ。寛永寺のこともあって、遠乗りなどしている場合ではなかったからな」

「そうだよな。それで、そういうことを訊きたかったら、じろみの婆さんに訊くといいと、何人かに言われたんだ」

「じろみの婆さん？」

「その先にある土産物屋の婆さんで、やって来る人をじろじろ見るのが仕事みたいなので、じろみの婆さんと言われているんだそうだ。あの婆さんなら、きっとよく見ていたし、覚えているはずだって」

「へえ」

「それで、ちょうどそこに行くところだったんだよ」

いっしょにその土産物屋に向かった。

店の前に婆さんが木の株みたいなものに腰かけていた。「いらっしゃい」ともなんとも言わず、黙って魚之進たちを見ている。目つきが鋭く、客をじいっと見る。

この目つきは、町方の者にはおなじみである。自分たちもこういう目つきをする。だが、この目つきのために嫌われることも多いので、ふだんはできるだけしないようにしている、まさにその目つきなのだ。

本田も魚之進も気圧《けお》されたようになって、なかなか切り出せず、並べられた土産物などを見た。食いものはあまり置いておらず、もっぱら置物と子どもの玩具がほとんどである。張子の虎がある。目黒に虎はいるのだろうか？　ざるをかぶった犬の張子もあるが、これは浅草の土産ではなかったか？

話のきっかけになにか買ってもいいと思ったが、買いたいものが一つもない。

ついに意を決したらしく、

「ちと、訊きたいんだけどね」

と、本田が切り出した。

「なんだい？」

「ここらに相当な身分の武士たちが、遠乗りに来たらしいんだがね」

「上さまのことかい？」

婆さんはいきなり言った。

「う、上さまが来られたのか？」

「去年の夏の終わりごろにな。それで、あそこの茶店に立ち寄って行ったよ」

「なんで上さまだとわかったんだ？」

「そりゃあ、ほかのお大名なんかとは警戒の度合いが違うもの。お付きの者は十数人だったけど、隠密だか忍者だか知らないけど、それがあっちに一人、こっちに一人、遠巻きに警戒してたんだ。あんなことは上さま以外にはしないだろう」

「そ、そうか」

「つい先日だけど、今度はその向かいの、娘っ子がいる茶店に、やっぱり身なりのいい一団が来たよ。まるで上さまみたいな、きらきらの着物を着て、偉そうにしてたけど、あれは上さまでもなんでもないな。でも、さも上さまに見せかけようとして、あすこの娘に銭を握らせたりしていたよ。娘は腰抜かしそうになってたから、半端な銭じゃなかっただろうな。でも、あの娘はあの家の娘じゃないから、あるじには言わず、懐に入れたに決まってるがね」

この婆さんの観察力、洞察力は、町方の同心と比べても、勝るとも劣らないだろう。

「そこで、なんか食ったりしたのかい?」

「ああ。飯を食ったけど、食ったふりだよ、あれは」

「食ったふり?」

「たいしてうまくもなかったんだろう。そりゃそうだ。ここらで獲れる小鮒を煮たやつだけど、ちゃんと煮詰めてないから骨っぽかっただろうし。皆で少しずつ、まずそうに食ってたよ」

婆さんはにこりともせず言った。

「そうだったのか」

「あんたたちは町方か?」

婆さんは、いきなり訊いた。

「え? なんで、そう思うんだ?」

本田は驚いて訊き返した。本田も魚之進も、おなじみの恰好はしていないし、十手も見えないようにしている。

「そっちは、中間に岡っ引きの親分だろうが」

婆さんは、つまらなそうに顎をしゃくって言った。


「凄かったな、あの婆さん」

土産物屋を振り返って、本田は言った。

「ああ。でも、あの婆さんが言ってたことは、たぶんぜんぶ当たってるよ。魯明庵は、『目黒のサンマ』の話と、上さまが去年、目黒を訪れたことを元に、ニセモノまで使って、『目黒の金魚』の話をでっち上げ、広めようとしてるんだ。狙いはもちろん、上さまを貶《おとし》めて、幕府の権威を失わしめることだ」

魚之進がそう言うと、

「なんてやつなんだ」

本田は呆れたような、感心したような顔で言った。

七

「この噂は消さなければならない」

と、魚之進は言った。そうするよう、評定所でも言われている。

「でも、もう止めようがないだろう」

本田は言った。

「ううむ」

確かに難しいかもしれない。

「あの話は嘘だと言って回るか？　でも、後から嘘だと言って回るほど、逆に本当だと思われるぞ」

「ちょっと待て。評定所の会議で、お奉行だかが、ずっと前の話ならともかく、当代の上さまのことと思われるのはまずいとおっしゃったのだ」

「だろうな」

「だったら、ずっと前の上さまのことなんだと、思わせちまえばいい」

「どうやって？」

「だから、すでにある『目黒のサンマ』の話を、もっと誰でも知っているくらいに広めるのさ。そうしたら、『目黒の金魚』はそれを真似しただけのつくり話だと思うだろうよ」

「でも、『目黒のサンマ』の話をどうやって広める？」

「いま、ある話はあまり面白くないんだ。あれをもっと面白い話にして、寄席で受けるようになればいい」

魚之進がそう言うと、

「なるほど」

麻次が手を叩き、

「それは面白いですね」

中間の吾作も笑った。

「面白い話にねえ。そんなことできるのか？」

「おいらは前から、寄席で落語を聞きながら、こうするともっと面白いのにと思ったりしてたんだ」

「そうなのか。あ、それだと、おのぶちゃんを誘うといいかもしれないぞ」

「なんで？」

「いっしょに飲んだときも、ずいぶん面白いこと言ってたぞ」

「そういえば、そうだった。じゃあ、誘ってみるか」

おのぶのところに行って、事情を話すと、

「あ、面白いね。うん、やろう」

と、すぐにやる気になった。『目黒のサンマ』の話も、寄席で聞いたことがあるという。

そこで、近くの飲み屋に入り、『目黒のサンマ』の話を検討した。といっても、もっぱら案を出すのは魚之進とおのぶで、ほかの三人は笑い役みたいになった。

「この話って、ほとんどがお殿さまとお付きの者との話だけで終始しちゃうんだよねえ」

と、おのぶが言った。

「確かにそうだな」

お付きの者は、噺家によって三太夫《さんだゆう》だったり、金弥《きんや》だったりする。

「もうちょっと、ほかの人との会話も入れたほうがいいよね」

「たとえば？」

「サンマを焼いてるのは、ただの百姓のおやじだけど、もっと癖のある人だといいよね」

「そういえば、目黒にじろみの婆さんというのがいた」

と、じろみの婆さんの話をすると、

「その人にしようよ。それで、あんたら上さまの一行じゃないのとか見破られるんだよ。ほら、そこにも、あそこにも伊賀者がとか。三太夫は焦るよ」

「うんうん」

「それで毒舌なわけ。こんなサンマなんか食いたいのかって。まったく、鯛《たい》ばっかり食ってるから、こんなものを食いたくなるんだろうが、イワシ食え、イワシをって」

おのぶの口調に本田たちは大笑いである。

「目黒に来て、サンマ食ってるようじゃ、あんたも出世はそこ止まりだなって」

「上さまだから、それ以上はないってか」

これには吾作が爆笑した。

「それと、サンマを料理するところがあってもいいよね」

と、おのぶは言った。

「料理するところ？」

「そう。上さまの召し上がるものって、大奥の台所で料理するんでしょ？」

「そう。おいらはそこに三日に一度、行ってるけどな」

「その場面を入れようよ。サンマなんか、上さまにお出ししたことはないよね」

「うん、ないな」

いわゆる下魚《げざかな》は、上さまのお膳には上がらない。

「でしょ、そこへサンマの注文が来たもんだから、慌てちゃって、魚河岸にすっ飛んで行くわけよ。それでいちばんいいサンマはどれだとか言って、もっと長い、それこそ刀みたいなサンマを買うわけ」

「いいねえ」

「ほんとに刀みたいだから、鞘《さや》がいるなとか言って」

「あっはっは」

本田が腹を抱えた。

「それで、大奥の台所に持ち帰ると、それを皆で寄ってたかって、切り刻むわけ」

「そりゃあ、蘭方の手術みたいだな」

「それで、内臓は苦いからのぞけとか、上さまと目が合ったら不遜だから、魚の顔は外しましょうとか」

「あっはっは」

「大奥って、魚焼く？」

「いや。焼く料理って少ないよ。そもそも上さまの召し上がるご飯て、炊くんじゃないんだよ」

「炊かないでどうするの」

「ぜんぶ蒸してるんだ」

「そうなの」

それは本当の話なのだ。なぜ炊かずに蒸すのか、理由はわからない。

「しかも、なんども毒見をされるから、上さまが召し上がるときはぱさぱさになってるんだ。ご飯だけじゃないよ。魚なんかも、蒸してるみたいだ」

「じゃあ、サンマもそうしましょうよ。皮も剝いで、骨もぜんぶ取って、かまぼこみたいになったやつを蒸すわけ」

「うん。じっさい、そうなるだろうな」

「それで、それを出された上さまは驚くよね」

「その驚く顔は、噺家の見せどころだな」

「そう。これが本当にサンマなのか？　って。サンマはもっと細長くて、黒くて、焼かれてブスブスいってたぞって」

「あっはっは」

「顔だってあったぞって。目と目が合って、サンマはどうもって挨拶したぞって。まさか、あんなおとなしそうなやつの首を刎《は》ねたのかって」

「ぷっ」

「腹はどうしたのだって。まさか、切腹でも言い渡したのではあるまいなって」

「ひっひっひ」

「それで一口召し上がるわけ。もう、脂は抜けてるし、はらわたの苦味もないし、高《こう》野豆腐《やどうふ》の刺身みたいなものだよね」

「うんうん」

「これはどこで獲れたサンマなのだと」

「日本橋の魚河岸で最高のサンマを持ってまいりましたと」

「ああ、魚河岸は駄目だ」

おのぶは、まるで噺家みたいに、

「サンマは目黒に限る」

話はきれいに落ちた。

「面白いよ」

「これは受けるよ」

と、本田たちも絶賛した。

八

こうしてつくった『目黒のサンマ』の話を、おのぶの家の近くに若手の伊達《だて》家酔狂《やすいきょう》という若手の噺家がいるというので、持って行った。

「ああ、なるほど。うん、これは面白くなってますね。受けますよ。季節柄もいいし、さっそく高座にかけてみましょう」

酔狂師匠は約束してくれた。

「まあ、結果がすぐに出ることはないだろうけどな」

と、魚之進は、過剰な期待はしないことにした。

だが、酔狂師匠は早くも翌日には、両国広小路《ひろこうじ》の寄席で演じてくれたのである。

それをおのぶが聞きに行っていて、

「凄かったよ、魚之進さん。もう、大爆笑よ」

「そりゃあ、よかった」

「席亭からも、あの話はどんどんやってくれと言われたし、兄弟子や弟弟子たちからも覚えたいって言われたそうだよ」

「そりゃあ、広まってくれそうだ」

世間というのは、面白いほうを受け入れ、つまらないほうは忘れていくだろう。魚之進は、『目黒の金魚』は広まらずに済むと、確信を持ち始めていた。

第四話　不精進《ふしょうじん》料理

一

この日もまた大奥に行く日だった。最初のころは、ずいぶん嫌だったが、慣れてきたのか、行くのが当たり前のような気持ちも出てきている。そのうち、三日に一度は、あの女の園の匂いを嗅《か》がずにいられなくなったりするのだろうか。

麻次とは平川御門《ひらかわごもん》前の橋のたもとで待ち合わせていて、顔を合わせるとすぐ、

「青い飯の男たちはどうなりましたかね？」

と、訊いてきた。年寄りの滝山に着物を届けてきた件である。

「うん。捕まえておいてくれたらいいのだがな」

あの日は、どうなったかを聞かないうちに、お城から退出していたのだ。悪いことをしたあとだから、逃げるようにいなくなってしまった気がする。いくら忍者たちとはいえ、あまり期待し過ぎてはいけない。

平川御門をくぐって、いつもの道順で大奥へ入る。

台所では、八重乃がいかにも君臨するように背筋を伸ばして座っていたが、魚之進を見ると笑顔を見せ、

「服部洋蔵さまが、月浦さんはまだかとお待ちしてましたよ」

と、言った。

「そうですか」

「もう案内は要りませんね？」

「いいんですか？」

「どうぞどうぞ」

麻次を待たせ、すぐに長い廊下を御広敷へ向かった。

御広敷には七、八人の伊賀者が詰めていたが、服部洋蔵はすぐに魚之進に気づき、

「おう、月浦さん。捕まえましたよ、青い飯の連中を」

けっこう大きな声で言った。

「そうですか。それはよかった」

「二人とも、やはり寛永寺にいた坊主に間違いないと思います。髷《まげ》もまだ、ちゃんと結えないくらいですしね。ただ、なかなか白状しないのですが」

「でしょうね」

「ま、面《つら》を見てください」

「どこにいるのです？」

「大番所の隅の仮牢にぶち込んでいるんです」

服部に案内されて、見に行った。

仮牢と言っても檻《おり》などはなく、衝立《ついたて》を何枚か置いて、目隠しにしてあるだけだった。

その隙間から、なかの二人を見た。

「ああ、確かに」

見覚えがある。五十過ぎの男とまだ二十代くらいの若い男と、二人とも青い飯の飯屋の調理場にいた。だが、寛永寺で坊主だったときの覚えはない。

この二人は、魯明庵にたぶらかされたのかと思っていたが、最初から完全につるんでいたのだった。

「迂闊《うかつ》でした。もっと早く気がついて、青い飯の飯屋を詳しく調べるべきでした」

自分のまぬけぶりに腹が立った。

「なあに、そうしたら逃げちまって、こうして捕まえることもできませんでしたよ」

と、服部は魚之進の落ち度をかばってくれた。

それにしても、碧ちゃんは、なにも知らなかったのだろうか。

「まったく口を利かないのですか？」

「雑談には応じます。だが、肝心な話になると、首をかしげるだけです。まあ、拷問《ごうもん》でも吐かないでしょう。下手すると、自害してしまうかもしれません」

「どうやって？」

「あの体格ですからね。いろんなことがやれるのですよ」

確かに、二人とも凄い身体をしている。

いったいなにを食えば、あんな身体になるのだろう。魯明庵もそうだが、あの仲間にはいい身体をしている者が多い気がする。食いものに秘密でもあるのだろうか。

「それにしても、あいつらもそうかんたんに寛永寺の台所に入り込めたはずはないのですが、どうやったんでしょう？」

魚之進は服部洋蔵に訊いた。

「寺側に協力者がいたのでしょう。まだ、全貌はわかっていないのですよ」

寛永寺にも、大奥にも魯明庵の手先が入り込んでいる。そこを明らかにしないと、上さま暗殺計画の件は、全容解明とはいかないだろう。

「そもそも鬼役の松武《まつたけ》さまが亡くなった件も、解決できないのでしょう？」

魚之進がそう言うと、服部は顔をしかめ、

「そうなのです。なにせ、大奥というところは面倒でしてね」

と、うんざりしたように言った。

「上さま暗殺のことでもですか？」

「あれは上さまを狙ったのではなく、松武さまを狙ったのだろうと言う人もおられましてね。まあ、滝山さまの一派なのですがね。だいたいが、上さまが召し上がる前に、鬼役が毒見をするのはわかっているのだから、味噌汁に毒を入れても上さまを暗殺することなどできるわけがないでしょうと、いちおう連中も理屈の通ることは言っているのですよ」

「それはどうですかね」

と、魚之進は首をかしげた。なにか、別の思惑が潜んでいたのかもしれない。

「月浦さんはどう考えます？」

「でも、松武さまの件は、町方は口を出すなと言われておりますので」

「いや、月浦さんの活躍は御広敷伊賀者はもちろん、お庭番や御側衆など、皆、聞き及んでいるはずです。遠慮なく、思うところをおっしゃってみてください」

服部はそう言って、魚之進を見つめた。

「じつは、いま、噂を流してみてはどうかと思ったのです」

「噂？」

「松武さまは亡くなるとき、化粧の匂いがしたと言い残しています」

「そうでしたな」

「同じ匂いかはわかりませんが、わたしも魯明庵がいい匂いをさせていたのを嗅いだことがあるのです」

「ほう」

「あれは、もしかしたら、匂い袋とか、香《こう》を焚きしめた匂いではなくて、南蛮から入ってくる香水の匂いだったかもしれません」

魚之進は暇だったころ、八丁堀から近い新川《しんかわ》のあたりをずいぶんぶらぶらしていた。あのあたりは、南蛮との交易で入手できる品物を扱う唐物屋《からものや》が軒を並べている。そのうちの、懇意にしていた一軒で、香水の匂いを嗅《か》がせてもらったことがある。いま思うと、どうもあの匂いに近かったような気がする。

「香水ですか」

「もしかしたら、魯明庵に協力している者は、香水をもらっているということはあり得ると思います」

「それは大いにあり得ますな」

「それで、香水のことを御広敷伊賀者が調べたがっていると噂を流すのです」

「じっさい調べたいですな」

「一人ずつ部屋や長持ちまで調べるらしいと」

「ああ、そこまでは無理でしょうが」

「いや、たとえ無理でもご老中などに嘆願しているところだくらいは言っていただいてもよろしいのでは？」

「そうですな」

「身に覚えのある者は香水を捨てようとするでしょう。匂いが強いので迂闊なところには捨てられません。うまくいけば、捨てるところを押さえられるかもしれませんよ」

「わかりました。調べは壁にぶつかっているのですから、それくらいのことはやってみていいでしょう」

「ぜひ」

と、魚之進は頭を下げた。

二

その翌日――。

魚之進は、麻次とともに浅草から上野界隈を歩き回っていた。北大路魯明庵は本気でうまいものを探している。そのうまいものを出す店は、やはり人が大勢集まるあたりにある。すなわち、浅草、両国、日本橋、上野界隈といったところである。

先日は品川に出没したので、もう少し足を延ばした高輪《たかなわ》あたりを探るのが妥当かもしれないが、これは魚之進のヤマ勘だった。

寛永寺の黒門を右に見て、三枚《さんまい》橋を渡ったところで、

「なあ、麻次。そこのうどん屋だけどさ」

と、魚之進は足を止めた。

「ええ。列ができてるじゃねえですか」

「前もあんなに流行ってたっけ？」

「いやあ。あっしは覚えがないですね」

「流行ってなかったぞ。おいら、去年の暮れにたまたま入ったときは、昼飯どきなのにがらがらだったんだ」

「こんないい場所なのに？」

上野広小路に面し、不忍池《しのばずのいけ》という景勝地もすぐそこにある。食いもの商売をやる

者にとって、これ以上の立地はない。

「うん。味も、まずくはなかったけど、どうってことはなかった気がするんだ」

「へえ」

「そういうのは、ここらじゃ逆に物見遊山客《ものみゆさん》向けの店と思われて流行らなかったりするんだよな」

「なるほど。でも、いまはこうして繁盛してるわけですよね」

「なんでだろうな。ちょうど、うどんが食いたかったんだ。入ってみようか」

「いいですね」

店の前には、十数人が並んでいる。ちゃんと並んで順番を待ってなかへ入った。

縁台は八つ。いちばん奥の縁台に腰をかけた。

品書きを眺め、魚之進は天ぷらうどん、麻次は月見うどんを頼んだ。

女将《おかみ》さんらしい人が運んできた。

ふうふういって、ずるずるっとすする。

「ほう」

確かにうまくなっている気がする。つゆの色は薄くなったみたいだが、今日のつゆには旨味がある。

「これなら流行るのも不思議はないですね」

麻次も気に入ったらしい。

「そうだな」

まだ列は途切れないので、長居せずに出てやることにした。

勘定するところにちょうどあるじがいたので、

「なんか前に来たときよりも、ずいぶんうまくなった気がするんだがね。流行ってるし」

と、声をかけた。

「ありがとうございます。じつは、北大路魯明庵て人がいるんですけど」

「うん、知ってるよ。美味品評家を名乗ってるよな」

「ええ。その人がうちに来て、うどんはいいがつゆが駄目だ。コンブを煮過ぎて雑味が出てしまっている。それと、かつぶしをもうちょっと増やしてみろって言われたんです」

「ほう」

「やってみると、ダシの味がよくなったのがわかりました。それと同時に、一度来た客が、二度、三度と来るようになって、いまじゃこんな繁盛ぶりです。まったく、あの人には感謝してますよ」

「そうなのか」

なんとしても捕まえたい男に感謝している人だっているのだ。まったく世のなかというのは一筋縄ではいかない。

「それで、ちょうど向こうの道で魯明庵さんをお見かけしたので、礼も言えましてね」

あるじは感激して言った。

「いつ？」

「一昨日《おととい》の晩です」

「向こうの道？」

「その向こうに〈雲海《うんかい》〉という名の精進料理の店があるんですが、そこから出て来たところだったんです」

「へえ。おいらも会ってみてえもんだ」

魚之進はそう言って、外に出た。

「雲海だってさ」

いかにも精進料理を出しそうな店の名である。

「ええ」

とりあえず、その店に行ってみた。

黒板塀や前庭などもなく、料亭とまでは言えないが、まあ高級感のある飯屋といった感じか。昼もやっていて、別に並んでいる客もいない。

「うどん食っちゃったからな」

「腹一杯ですよね」

「夜、また来よう」

上野から両国を回り、日が暮れるころにふたたびやって来た。

のれんを分けると、下足番《げそくばん》がいた。六十近い、枯木みたいな男である。

魚之進と麻次をねめつけるように見て、

「うちは精進料理の店ですよ」

と、言った。なんだかこっちの氏素性《うじすじよう》を窺《うかが》うような、育ちの悪い町方同心みたいな目つきで、客を迎える態度ではない。

「わかってるよ」

言いながら、奥を見た。間口はさほどでもないが、奥行きは相当ある。

「物足りないかも」

下足番はまた言った。まるで食って欲しくないみたいである。

「いいんだ。おいらたち、どっちも喪中なものでね」

適当なことを言った。

上がってすぐの座敷に座らされた。縦長の座敷で、ほぼ三畳ごとに衝立《ついたて》で仕切られている。障子を開けると、枯山水ふうの庭が見える。日暮れ間近の枯山水は、青っぽく沈んで、あの世に来たみたいな寂しい風情がある。

「なかなか洒落《しゃれ》てるな」

「寺で食うみたいですけどね」

しばらくしてお膳がきた。確かに精進料理である。

見た目のきれいさは、目を瞠《みは》るほどである。なんで下足番が、あんなに食わせたくないようなようすだったのかわからない。

お膳は二つ。飯と汁のほか、八品のおかずがついている。肉や魚はもちろん、卵の料理もない。さらにニラやネギ、ニンニクなど、匂いの強い野菜もない。穏やかで優しげな、つまりは豆腐と野菜だけの料理ばかりである。

「これなんか、一見するとうなぎですがね」

「こっちは、遠目に見たら、茹で卵だよ」

食ってみる。うなぎはやっぱり豆腐にタレを塗り、皮みたいに海苔を貼りつけただけである。茹で卵は、丸く切った茹でにんじんを、豆腐でくるんだだけだった。

「うなぎや卵だと思って食うと、愕然とするだろうな」

「ま、わかって食うものですからね」

精進料理は滅多に食べない。

天ぷらはもちろん野菜だけの精進揚げだが、ニンジン、レンコン、サツマイモ、シイタケ、カボチャ、春菊と数もあって、かなり食べごたえもある。

「やっぱり、油があるといいよな」

「これで油がなかったら、さっぱりし過ぎですよね」

もどき料理よりは、正体のわかった天ぷらのほうがうまい。

一つずつ味わいながら食っていると、

「ん？」

魚之進は箸を止めた。

「どうしました？」

「なんか、このシイタケの天ぷらだけどさ、生臭い気がしないか？」

「まさか」

そう言って麻次も口に入れると、

「ほんとですね」

と、首をかしげた。

だが、食べている途中で、衝立の向こうで、

「この店、まずくなったわよね」

「あたしもそう思う」

という声がした。

姿は見えないが、女の二人連れである。

「どうしたのかしら」

「ほら、あそこ、見て。店のあるじが替わってるわよ」

「ほんとだ」

「でも、店はものすごく繁盛しているみたいよ」

「ふうん」

「ね。そっちの甘味屋で口直ししようか」

「そうね」

二人は出て行った。

チラリと見ると、顔立ちや身体つきが似ている。どうやら裕福な商家の姉妹らしかった。

「まずくなったってさ」

と、魚之進は言った。そこそこおいしかったのは、あの人たちほど舌が肥えていないのだろう。

「どんだけうまかったんですかね」

麻次もいっしょである。

「さて。おいらたちも出ようか」

「魯明庵のことを訊いてみます？」

「いや、訊かないほうがいい。訊いても、たぶんほんとのことは言わないだろう。それより、また来るときのため、顔を覚えられないほうがいい」

「わかりました」

「ただ、のぞきたいところはある」

「台所でしょう？」

「うん。とりあえず、裏に回ってみようぜ」

三

ところが、店の裏に回るのは容易ではなかった。

雲海は、上野広小路から一本東に入った道に玄関口があるのだが、裏に回ろうとしたら、道が大きくくねっていて、しかも立て込んでいるため、すぐに方角の見当がつかなくなった。

暗くて細い道を手探りするみたいに進んで行くと、だんだん魚之進の苦手な匂いがしてきた。白い粉、といっても阿片ではない。白粉《おしろい》の匂いである。

「なあ、麻次。この道は、まずいんじゃないのか？」

「ええ。だいたいこのあたりは、茶がま女とけころが名物ですからね」

「なんだ、そりゃ？」

「茶がま女ってのは、元吉原《よしわら》の売れっ子花魁《おいらん》が、このあたりの茶屋に出ていたんで、その女のことを言ったらしいんです。錦絵にもなったくらい有名だったみたいですが、まあずいぶん昔のことでしょう。けころは、いまでもいます。横町の吉原とでもいいますか。眉を落としておらず、田舎娘ふうなんですが、意外にいい女がいるんですぜ」

麻次がそう言うと、

「誰がけころだい」

という声が、いきなり横でしたものだから、

「うわっ」

魚之進はひっくり返った。

「あらあら、大の男が転んだりして」

女が寄ってきて、魚之進の手を引き、立たせてあげた。

「ああ、申し訳ない」

「いいのよ」

と、女は手を離さない。

「あ、あ、あ」

唖然としているうちに、わきの家のなかまで引っ張り込まれる。

「へい、いらっしゃい」

若い男の声がした。

「違うんだ、違うんだ」

魚之進は慌てて弁解するが、

「違わないわよ。なに言ってんの」

女は身体を擦り寄せてくる。薄い着物一枚で、身体の柔らかいところやくぼんだところがはっきり感じられる。

「あ、麻次。助けて」

情けない声を上げた。

「おう。すまねえな。いまは仕事中なんだ」

麻次が十手をかざして言った。

「あら、なんだ。親分さんなの。だったら、こちらは同心の旦那？」

女が呆れたように言った。

「そ、そうなんだよ」

魚之進がホッとして言うと、

「なんだか、悪人いっぱい捕まえそうな旦那ですこと」

女はそう言いながら、魚之進を突き放した。ずいぶんな皮肉を言われても、魚之進は苦笑いするしかない。

しばらくは白粉の匂いがする細道を行き、二、三度曲がると、

「あれか？」

生垣《いけがき》に囲まれた枯山水ふうの庭が見えた。灯《あかり》の入った座敷も見え、障子の向こうで、坊さんが何人かで食事をしていた。障子《しょうじ》に映った影の頭のかたちで坊さんとわかったのだ。

「これじゃあ、台所まではのぞけないな」

「そうですね」

ただ、生垣が途切れて、隣の板塀のあいだに野良犬がいた。三匹、いや四匹いる。一匹は仔犬だった。どうやら残飯《ざんぱん》を漁《あさ》っているらしい。ガツガツという音が凄い。

そのようすを見て、

「精進料理の残飯《ざんぱん》をあんなにうまそうに食うかね」

と、魚之進は言った。

「ほんとですね」

「出家した犬かな」

「そんな馬鹿な」

そっと近づいた。餌は、平たい桶《おけ》にいっぱい入っている。

「盗《と》ったら怒るかな」

「そりゃ怒るでしょう」

「でも、まだいっぱいあるぜ」

「じゃあ、大丈夫かも」

嚙まれると嫌なので、仔犬の食っているやつを奪った。麻次は大胆にも、大きい犬が食っていたのをわきから奪った。

「ガルル、ガウ、ガウ」

犬たちが凄い勢いで、嚙みついてきた。

「逃げよう」

「ええ」

細道を、塀にぶつかったりしながら、広小路のほうへと逃げる。

広小路に出たところで振り向いたが、追いかけて来ていない。まだだいぶ残っていたから、あれくらい盗られてもいいかとなったのだろう。

逃げながらも、ぬめぬめして気持ち悪かったが、明かりの下で見ると、やっぱり血まみれの肉塊だった。生臭さが、魚より胸に来る。

「なんだ、これ?」

「気味悪いですね」

なにかの臓物である。

「まさか人のじゃないよな」

「それを犬に食わせます？」

振り返って、魚之進は言った。

「おい、あそこ、精進料理の店だろう？」

この臓物を、手ぬぐいに包み、両国のももんじやに向かった。あそこのおやじに見てもらうことにしたのだ。

ももんじやに近づくにつれ、いい匂いがしてくる。やっぱり手の込んだ精進料理よりも、ただ焼くだけのこっちの肉のほうがうまい気がする。

店の前に立つと、

「おや、月浦さま」

あるじがすぐになかから出てきた。

「ちっと、これを見てもらいたいんだ」

と、手ぬぐいの中身を見せた。

「ああ、これは牛の臓物ですね」

あるじはすぐに言った。

「やっぱりそうか」

「腸《はらわた》と、これは肝《きも》だと思います。腸は煮込むと柔らかくなりますよ。肝は、薄切りにして焼いて食うとうまいんですが、食べる人は少ないんでね。ほら、以前のやつらみたいな客じゃないと」

牛の活きづくりの一件である。

「店からこんなのが出てるってことは？」

魚之進はわからなくなった。

「どこのもんじ屋ですか？」

あるじが訊いた。

「もんじ屋じゃないんだ。精進料理屋」

「そんな馬鹿な」

と、あるじは笑った。ほんとに笑い話である。

「それより、月浦の旦那。この前の娘さんを、また連れて来てくださいよ」

「この前の……」

おのぶのことだろう。

「面白い娘さんでしたよね。ああいう娘さんが常連になってくれると、肉を食う女も増えてくれるんですがね」

魚之進には、肉を食う女が増えることなど考えられないが、いちおう、

「言っとくよ」

そう答えておいた。

四

次の日の朝――。

魚之進は、奉行所にやって来た麻次に、

「今日から雲海を見張ることにしたぞ」

と、緊張した面持《おもも》ちで告げた。

「ええ、あっしもそのつもりです」

「もしかしたら魯明庵が現われるかもしれない。その場合は、急遽《きゅうきょ》、捕縛《ほばく》ということもありうるぞ」

「わかってます」

と、麻次は背中側に差していた十手を取り出して、見えるようにした。

「ただ、魯明庵においらとあんただけで勝てるのか、正直、自信がないんだ。身体つきといい、動きといい、かなり腕が立つのは間違いないだろうな」

魚之進は頭をかきながら、情けない顔で言った。この際、見栄を張ってもしょうがない。

「旦那には、隠密同心がついていてくれるのでは？」

このあいだも、突如現れて助けてくれた。

「それがさ。お庭番のほうから、土居下御側組は皆、尾張に引き上げたという報告があったらしくてな」

今朝、与力の安西佐々右衛門からそう言われたのだ。

「そうなので？」

「尾張藩では、魯明庵とはいっさい関わりがないということにしたいんだろうな」

「なるほどね」

「そうなると、おいらも襲われる心配はない。それで、隠密同心の警護もなくなったってわけ」

「となると、二人でやるしかないわけですね」

「でも、下手につっかかって逃げられでもしたら、おそらくもう二度と魯明庵を捕まえる機会はないぞ」

もし、尾張に帰られてしまったら、もう誰も手は出せなくなる。

「本田たちにも手伝ってもらおう」

「それがいいですよ」

魚之進は、同心部屋にもどって、本田を呼んで来て、

「おい、今日の予定はどうなっている？」

と、訊いた。

「うん。うどん屋で訊いたら、うどん粉の値が、店によってずいぶんばらつきがあるというんで、ちっと粉屋を見て回ろうと思ってるんだ。味も大事だけど、町方としては値段を見るのも大事だからな」

「そりゃあ、いいところに目をつけたな」

魚之進は感心した。本田は変なやつだが、頭はいい。魚之進とは違う視点で、江戸の食いものを見てくれるはずである。

「ただ、ちっと手伝ってもらいたい。もしかしたら、魯明庵が現われて、捕縛ってこ

とになるかもしれないんだ」

いくら魯明庵が強くても、本田と吾作が加わって、四人がかりになれば、まず大丈夫だろう。

「おっ、いよいよ山場か。もちろん手伝うさ。おれだって、剣はまんざらでもなかっただろう」

「そうだっけ？」

魚之進と五分五分だったから、まずたいした腕ではない。それより、吾作の巨体は力になってくれるはずである。

「いちおう、全員、鎖帷子《くさりかたびら》を着込むことにしよう」

魚之進は提案した。

「おれは、切り合いになりそうになったら、革小手《かわごて》もつけることにする」

本田が言った。

「そりゃあ、いい」

「あたしも、六尺棒は太目の頑丈なやつを持ちますよ」

吾作もやる気満々である。

「いいねえ」

「あっしも今日から酒を抜きます」

麻次だって、なにかせずにはいられない。

支度を整えて、上野に向かった。

夜、賑わう場所というのは、昼ごろ来ると、なにか無残な感じが漂っている。それもそうで、ここは酒と女がからんだ金の奪い合いをした場所なのだ。それを昼から夕方にかけて、掃除をし、見た目を整え、宵闇《よいやみ》に灯を入れて、新たな奪い合いが始まる場所にしていくのである。

雲海はまだ、静まり返っている。

いちおう、四方八方から建物を眺め、逃げ道なども確かめ、見張る場所を決めた。

近くの番屋三ヵ所には、挨拶もしておいた。もしかしたら、応援を頼むことになるかもしれないし、見張っているところを、変な人がいると騒がれることだってあり得るのだ。

準備を整え、夜になるのを待った。

暮れ六つごろから、ぼちぼち客が入り始める。

三回忌だか七回忌だかを終えたらしい六人連れがまず入った。皆、笑顔なので、悲しみは薄れたのか、それとも最初から死んでも悲しくないような仏さまだったのか。

ほんとうはふつうの飲み屋でいいのだが、今日くらいは精進料理にしようかというのでやって来たのだろう。あの下足番が、手前の座敷のほうに案内するところも見えた。

やがて、若い坊さんの二人連れが来た。この二人は奥に案内されて行った。

つづいて来た坊さんの三人連れも、奥のほうに案内された。

魚之進と本田は、雲海の向かいのそば屋にいる。麻次はさりげなく前を行ったり来たりして、吾作は通りの入り口に立っている。

「坊さん、多いな」

と、本田が言った。

「まあ、精進料理だからな」

「坊さんは奥に通されるきまりなのかね」

「奥が怪しいよな」

しばらくして、坊さんが一人で来た。まだ若く、がっちりした身体つきをしている。坊さんのなかでも、棺桶《かんおけ》かついだら誰にも負けないという感じである。

「ううむ」

魚之進は唸《うな》った。

「どうした？」

「あの坊さんに見覚えがあるんだ」

「月浦家の菩提寺《ぼだいじ》か？」

「いや、違う」

「眉毛の太さはただごとではないぞ」

「あ、そうだ。思い出した。あの坊さんも寛永寺にいたんだ」

「上さまのときか？」

「そうだ」

「魯明庵ともつながるかもな」

「ああ」

「今夜、来るかもな」

緊張して待ったが、店仕舞いまで魯明庵が現われることはなかった。

帰り道に、魚之進は大粒屋の前を通った。役宅には通らずに帰る道だが、本田と話し込んで、つい行き過ぎたのだった。

「姉さんだ」

と、魚之進は言った。

あるじで長兄の長右衛門《ちょうえもん》と立ち話をしていた。この刻限だから、大粒屋も閉まっているし、お静もおやじに夕飯を食べさせたりしたあとで八丁堀の役宅から出て来たのだろう。呼び出されたのかもしれない。

「声、かけないのか？」

本田が訊いた。

「いや、いい」

道の反対側をさりげなく通り過ぎる。

お静が提灯《ちょうちん》を持っているので表情が窺えた。二人とも真剣な顔をしているが、深刻というほどではない。

魚之進は、話の内容が想像できた。

「もう、大粒屋に危害を加える者はない。お前も安心して、そろそろもどって来い」

と、そんな話になったのではないか。

お静がうなずいているところを見ると、もちろんそれが当然のことだと思っているのだ。月浦家にいる理由はない。

さらに長右衛門がなにか言った。

「じつはな……」

口がそう動いたように見えた。

その先は、想像がついたというより、想像した。

「お前に縁談が来ている」

そう言った気がする。

来ても、なにも不思議はない。お静はまだ若いうえに、小町と言われた美貌も衰えてはいない。貰《もら》い手はいくらでもあるだろう。

――いよいよか。

魚之進はそう思った。

通り過ぎてしばらく歩いてから、本田が訊いた。

「お前、まだ諦めきれないのか？」

「おいらは馬鹿なんだよ」

魚之進は怒ったように言った。

五

翌朝、奉行所に行くと、服部洋蔵から報せが来ていた。すぐにお城に来て欲しいとのことである。

この日は大奥に行く日ではないが、麻次は同伴せず、急いでお城に向かった。

大奥の台所からすぐに御広敷のほうに行くと、服部は待っていたとばかりに近づいてきて、

「動きました」

と、言った。

「香水ですね？」

「ええ。磯乃《いその》という女中で、もともと目はつけていたのです。滝山さまと魯明庵との連絡をしていました。代参で外に出たところを後をつけますと、実家に立ち寄りまして、庭先でそれを預けたところで、声をかけました。大奥の厠《かわや》にでも捨てられていたら、われらも見つけようがなかったし、もし出てきても誰のものか特定はできなかったのですが、女心というやつでしょう、ああいうものを厠に捨てるには忍びなかった

のでしょうね」

「ははあ」

女心はこの世でもっともわからないものだが、たぶんそうなのだろう。

「月浦さんの忠告のおかげですよ」

「とんでもない。それで、松武さまの件は？」

「それも白状しました。入れたのが何だったのかまではわかってなかったようですし、まさか上さまを狙ったものだとは思わなかったみたいです。魯明庵から渡されたとき、滝山さまもいっしょだったそうです」

「でも、毒見がなされることはわかってますよね」

と、魚之進は訊いた。

「それはわれらも不思議だったのですが、磯乃は毒とは思っていなかったみたいなのです。山椒《さんしょう》とか胡椒《こしょう》のような、味を良くするものだと思っていたみたいなのです」

「そうか、そうか」

魚之進は一人で納得して手を叩いた。

「なにか？」

「寛永寺で山椒が使われたのも同じ狙いだったのでしょう。あの松武さまの体格ならなんともないが、上さまにとっては毒になるような匙《さじ》加減にしたかったのではないでしょうか。でも、量を間違えるかして、松武さまは亡くなってしまったのでは」

あるいは、体格から想像するほど毒には強くなかったのかもしれない。

「なるほど」

「これからどうされるので？」

「上司は滝山さまを問い詰めると言っています」

「いよいよ」

「そうせざるを得ないでしょう。たとえ白《しら》を切っても、大奥にはいられなくなるはずです。でも、これで大奥も安心できるはずです」

服部はホッとしたようにため息をついた。

「じつはいま、上野にある雲海という精進料理屋を見張っていまして、そこに魯明庵が出没するのです」

魚之進は言った。

「ほう」

「それで、昨日、見たことがある坊さんが出入りするのを見たのです。まだ若くて、並み外れてがっちりした身体つきで、雪ダルマの炭の眉みたいな……」

「ああ、それは寛永寺の塔頭《たっちゅう》である豪満寺《ごうまんじ》の坊主ですよ」

「あのときも来てましたよね？」

「来てました。われらが怪しいと睨《にら》んでいるうちの一人です」

「やっぱり」

「豪満寺というのは、尾張藩とも縁がありますよ」

「縁？」

「側室とか、遠縁の者の墓もあるはずです」

「なるほど」

いろんな紐《ひも》がつながってきている。もちろん、紐の中心は北大路魯明庵こと、徳川元春である。

「だが、見張っているということは、魯明庵が現われたら捕縛するのですか？」

「ええ、捕縛します。お奉行からもそのように命じられていますし」

「ほう。ようやくですね。じれったかったのですが、われわれ広敷伊賀者が外で魯明庵を捕まえるというのは、いろいろ問題があります。それで、お庭番のほうでどうにかしようかという話も出ていたらしいのです」

「どうにかとは？」

「もちろん暗殺ですよ」

「そ、それは」

やっぱりお庭番というのは、恐ろしい組織なのだ。

「でも、暗殺の許可は上のほうがためらったみたいです」

「ですよね」

やはり暗殺というのは、国や幕府がやるべきことではない。

「それで、町方が正式な罪状のもとに取り調べまで持っていくのが、いちばん穏当ではないかということになったのです」

「いろいろ検討はなされていたのですね」

「そうですか、いよいよですか」

服部洋蔵は、悔しそうに言った。誘えば喜んで手伝いに来るかもしれない。

「わたしも胸が高鳴ります」

「言っておきますが、魯明庵は強いですよ」

「そうなので？」

「もともと尾張徳川家は藩主に剣の遣い手が多いのですが、それは本場の柳生新陰流《やぎゅうしんかげ》をみっちり学んでいるからなのです」

「柳生新陰流……」

変幻自在で、なにをするかわからない剣とは聞いたことがある。

「魯明庵、いや徳川元春は、柳生新陰流の達人ですよ」

「そうなので」

強いとは思っていたが、まさかそこまでとは思わなかった。四人がかりでも自信がなくなってきた。

と、そこへ——。

外から入って来た広敷伊賀者が、服部洋蔵のところに駆け寄ると、耳元でなにか囁《ささや》いた。

「なんだと？」

服部洋蔵が青ざめた。

「もどったら問い詰めることになっていたんだがな」

「そうか」

「頭領と相談してくる」

そう言って、奥の小部屋に消えた。

「なにかあったのですか？」

魚之進は遠慮がちに訊いた。

「どうせ、知れてしまうでしょうから教えますが、年寄りの滝山さまが、代参に出た途中で、大川に身投げしてしまいました」

「なんと」

「魯明庵のことは結局、なにも訊くことはできなかったわけです」

「訊いてもなにも話さなかったでしょう」

「まあ、そうでしょうけど」

結局、これが自然ななりゆきだった気がする。

もしかしたら、魯明庵も同じようなことになるのかもしれない。たぶんそれは、幕閣たちや尾張藩にとってもいちばん都合のいい結末なのだろう。

六

いったん奉行所にもどると、なんだか雰囲気が慌ただしい。めずらしく安西佐々右衛門が走っている。

もどって来た安西を捕まえて、

「なにかあったのですか?」

「うむ。有名な大泥棒である黒雲竜右衛門《くろくもりゅうえもん》が、五年ぶりに子分を集めているという報せが入ったのさ」

「黒雲竜右衛門……」

だいぶ昔、名前は聞いたことがある。もう死んだのかと思っていた。

「上方に潜んでいて、江戸にもどったらしい。近々、最後の大仕事にかかりそうだというので、総動員で警戒に当たることになった」

「では、おいらたちも?」

「いや。お奉行が、味見方も切羽詰まってきているというので、お前たちは加わらなくていいことになった」

「そうですか」

なんだか、それも寂しい気がするが、味見方が動いている件もきわめて重要な案件なのだ。

本田を誘って同心部屋の外に出ると、奉行所の中庭で打ち合わせをすることにした。麻次と吾作も加わっている。

「雲海だけどな、おいらはやっぱり奥のほうでは、別の料理が出されていると思うんだよ」

と、魚之進は切り出した。

「だろうな。たぶん、そっと肉を出してるんだよ」

「それで、ちゃんと確かめたいんだ」

「それには食ってみなきゃな」

本田がうなずくと、

「でも、この前、顔を見られてますぜ」

麻次が言った。

「うん。しかも、奥の間に入って、秘密の精進料理を食えるのは、坊さんだけなのかもしれないよな」

「じゃあ？」

「頭を丸めるしかないな」

魚之進は初めてではない。兄・波之進の仇を討つのに、寛永寺の塔頭である明照院《みようしよういん》に張り込む際、坊主に化けるため、頭を丸めている。あのときは、皆が協力してくれて、与力の安西佐々右衛門や、赤塚専十郎《あかつかせんじゆうろう》、市川一角《いちかわいつかく》たちまでいっしょに頭を丸めてくれたのだった。

「あっしも丸めます」

と、麻次は言った。

「頼む」

「おれもかよ？」

本田が情けなさそうに訊いた。

「いや、本田はいい。吾作もしなくていい」

「そうか」

本田はホッとした。

「そのかわり、おれたちの頭を頼む」

「わかった」

奉行所には、隠密同心が変装するための、僧衣も置いてある。これを借り、吾作にも手伝ってもらって頭を丸めることにした。

「あまり青々していると、かえって変だから、適当に伸ばしてくれ」

魚之進は注文を出した。そのためには、剃るのではなく、ハサミで短くしなければならない。

「それは逆に難しいぞ。虎刈りになっちまうから」

「じゃあ、剃り上げてから、泥でも塗るか」

「それがいいな」

にわか坊主ができ上った。

この前もそうだったが、魚之進はやたらと似合うと褒《ほ》められた。もちろん、あまり嬉しくない。


夜になって雲海へ行った。

下足番はまるで疑ったようすもなく、

「奥ですか？」

と、訊いた。

「ああ」

魚之進と麻次は、奥へと通された。こちらは、衝立ではなく、小部屋が五部屋もあった。そのうちのいちばん奥の部屋に通された。あぐらは変な気がして、座禅を組んだ。

女中が来て、

「例のお膳でよろしいですね？」

「南無《なむ》」

と答えて、手を合わせた。女中がクスッと笑ったので、ここでの作法とは違ったかもしれない。

しばらくして、お膳が運ばれて来た。

別の女中である。

この前と同じで、お膳も二つずつ、ご飯と汁のほか料理が八品ある。見た目はこの前と変わらない。

「あれ？」

と、麻次が言った。

「ん？」

魚之進は麻次を見た。麻次は料理ではなく、女中の顔を見ている。

つられて魚之進も女中を見た。

「え？」

女中は、なんと、青い飯の店にいた碧ちゃんだった。

「碧ちゃんじゃないか？」

「もすかすて、本田さんのお友だつの？」

相変わらず訛《なま》りはきつい。

「そうそう」

「お坊さんになったの？」

「ちょっといろいろあってね。それより、碧ちゃんは名古屋の若旦那の嫁になったって聞いたぜ」

「そいが、あだすもいろいろあって」

「そうか、まあ、それはあとで話そう。おいらたちのことはないしょだぜ」

「わかりますた」

と、碧ちゃんは下がって行った。

驚いたが、まずは料理である。

「一見、この前のと似ているが、違うよな」

と、魚之進は言った。

「違いますよ。匂いがまるで違うし、よく見ると、表面の感じも」

「ああ。この豆腐でつくったみたいなうなぎだけど……」

口に入れると、まさしく本物のうなぎである。ふっくらして、脂ものって、じつにうまい。それを表面に豆腐を摺《す》ったものを塗り、裏には海苔を貼りつけ、わざわざまがいものみたいにしたのだ。

「卵焼きはどうだ？」

「ゆばで包んでありますが、中身は正真正銘の卵焼きですよ」

「そのきんぴらごぼうみたいなやつは？」

「これは……なんですかね」

魚之進が食べてみて、

「これはたぶん豚肉だよ。それを細切りにして、きんぴらみたいに油で炒《いた》めてあるんだ」

「凝《こ》ってますねえ」

「豆腐はなんだよ」

「ありゃあ、かまぼこですよ」

一見、生臭ものはつかっていないように見えるが、じつはすべて、魚肉と卵でできている。逆に精進料理に使われる野菜や豆腐といった材料は、少しだけ表面にくっついているだけで、ほとんど使われていない。

この店の精進料理は、脂はぎとぎと、肉欲もりもりの、とんでもなく不精進な料理だった。

「これを坊さんたちが食ってるんだ」

魚之進は呆れて言った。

「ええ」

「もちろん、知らないふりはしてるんだろうがな」

「般若湯《はんにゃとう》よりひどいですね」

般若湯とは酒のことで、これも一部の坊さんたちは、薬みたいにして飲む。

「でも、これは一度食ったらやめられないよな」

「坊さんにとっちゃ麻薬でしょうね」

魚之進と麻次も、きれいにぜんぶ食べ終えた。

しばらくして、

「ごみんくさい」

と、碧がお茶を持ってきた。

「凄いね、この料理」

「あだすもびっくりすたんです。こんなもの出すていいんですか？　って訊いたら、いいんだって。余計なことは言うんじゃないぞって脅《おど》されました。あだすはここを辞めたいんですが、来たばかりなので、機会を窺ってるところで」

「碧ちゃん。話したいんだけど。本田もいっしょに」

「じつは、あだすも本田さんに相談しようかと思ってたんですよ」

「そりゃあいい」

「ここが終わるころ、どこかで待っててくれますか？」

「もちろんだ。そっちの六阿弥陀《ろくあみだ》横町《よこちょう》ってところを入った先に番屋があるんだ。そこに来てくれるかい？」

「わかりますた」

七

魚之進たちが勘定を済ませて外に出ると、ほどなくして本田と吾作も出てきた。二人は表側のほうの座敷で食べていたのだ。

「おい、会ったか？」

「誰と？」

魚之進は本田に訊いた。

「碧ちゃんだよ。ここで働いていたぞ」

「なんだって!」

「店が終わったら六阿弥陀横町の番屋に来てくれる」

「そうかあ。碧ちゃんがなあ。名古屋の若旦那のことはどうなったんだろう?」

「いろいろあったんだと。当然、おじゃんになったんだろう」

「そうか、そうか」

本田は、これから捕り物だか逢引きだかわからないような顔になった。

一刻《とき》ほど待って、番屋に碧がやって来た。外から見られないように、奥のほうに入れた。

「なんでまた、あそこに?」

本田が息せき切って訊いた。

「本田さんに若旦那の話はすたでしょ?」

「うん、聞いたよ」

「あの若旦那、変なんですよ。名古屋の本店は大きな呉服屋なんですが、そこから荷物が来てて、これは開けては駄目だ、これは大奥に届けるんだが、すると大奥の気取った女中どもが皆、イボだらけの醜い顔になるんだ。ひっひっひ。おれは、あそこの気取り腐った女中が大嫌いでな、前におれをさんざんからかいやがったから、仕返しするんだ——そう言うんですよ。あだす、気味が悪くて、逃げるなら祝言もあげてないいまのうちだと思って、逃げてきたんです」

「好判断！」

　本田が裏返ったような声で言った。

「それで、いまの店は、青い飯の店の二人が紹介してくれたんです。ところが、あの店がまた、変でしょう。あだすはもう嫌になりますたよ」

「碧ちゃん。青い飯の店はもうないよ」

　と、魚之進は言った。

「ええ。こっちが忙しくなったので、あの店はやめたんだそうです。もともと、こっちで働いていたみたいです」

「そうなの」

「でも、あの二人、いなくなったんですよ」

「…………」

　千代田のお城で捕まっていると言ったら驚くだろう。

「魯明庵はあの店によく来てるのかい？」

　本田が訊いた。

「ええ、よく来ているみたいです。そもそもが、あの店は魯明庵さんが以前の持ち主から買い取ったものなんです」

「そうなのか」

「しかも、ほんとかどうか知りませんが、自分が食べたい料理をつくらせたくて始めたんだとも言ってましたよ」

「そうなの？」

「おかしいな」

と、魚之進は言った。

「なにがだよ？」

本田が魚之進を見た。

「魯明庵は、なぜか四つ足の肉は食べないんだよ」

「そうなの？　なんでも食いそうだがな」

「つくらせることはするんだ。でも、自分は口にしないらしい」

「よくわかんないな」

「食ったら、穢《けが》れるんだとさ。あれは南蛮人の食いものだからだそうだ」

「じゃあ、それって、四つ足の肉が嫌いというよりは、南蛮人が嫌いなだけなんじゃないのか？」

「たしかに」

「ま、四つ足のことはどうでもいい。それより、これからどういう手順で進めるかだ」

と、本田がもっともなことを言った。

「いちばんの狙いは、魯明庵を捕縛することだ」

と、魚之進は言った。すべてを白状するかどうかはわからない。だが、それで上さま暗殺という計画は終わりになるのだ。

「わかってるよ」

「それには、まず雲海を閉めさせよう。あんな不精進料理を出していたんだから、当然だけどな」

「そりゃそうだが」

「玄関には、都合によりしばらく休みますと、貼り紙をしておく。魯明庵はそれを見て、なにごとだと入って来る」

「入って来るかな？」

「なかで人の気配はさせておくんだ。そうすりゃ、かならず入って来るさ」

「そこでか？」

「ああ。いつになるかは、わからないけどな」

魚之進がそう言うと、

「魯明庵さん、明日、来ますよ。そんなことを言ってますた」

「おう、そりゃあいい」

本田は奇声を上げた。

「だが、応援は頼めないぞ」

奉行所はいま、総動員で黒雲竜右衛門一味の警戒に当たっている。いつ現われるかわからない張り込みに、人員を割くことはできない。

「ああ、わかってるさ。おれたちだけで、なんとかしようぜ」

本田は碧の前で、明らかに粋がっている。

「あの店には何人いるんだい？」

魚之進は碧に訊いた。

「板長と、ほんとなら板前が三人ですが、うち二人はもどってません」

「うん」

「だからいまは、板長と板前が一人と下足番が一人、それと料理を運ぶ仲居があだすを入れて二人です」

「板前たちと下足番は、魯明庵の仲間だろうな」

「そう思います」

「もう一人の仲居も魯明庵の仲間かな？」

「違いますよ。あだすの友だちで、いま、同じ長屋にいます」

「だったら、明日からは長屋にいて、もう店には来ないようにしてくれ。いったん仕事がなくなるけど、すぐにほかの仕事を責任を持って見つけてやるから」

魚之進がそう言うと、

「ああ。それはまかしときな」

本田が胸を叩いた。

「三人は、あそこに泊まり込んでるのかな？」

魚之進は碧に訊いた。

「ええ。台所のわきの部屋に、いっしょに寝てますよ」

「板前たちはいい体格だけど、武芸でもやってるのかい？」

「さあ。喧嘩は強いと思いますが、武士ではないみたいですよ」

「じゃあ、なんとかなるだろう」

と、本田は言ったが、

「いや、魯明庵の手先だ。油断はできないよ」

魚之進はいましめた。

「それで、月浦、いつやるんだ？」

「もちろんいまからだ」

八

雲海に夜襲をかけた。

裏から侵入した。かんたんに出入りできる潜り戸の場所は、碧から聞いていた。

魚之進と本田は、四つん這《ば》いで、やつらが寝ているところに迫った。もちろん真っ暗だが、寝息やいびきで、どっち向きで寝ているかはわかる。

まず、そっと足を縛った。気づかれないよう、ゆるく結んだが、いざ、立ち上がって動こうとすると、倒れてしまうだろう。

二人、やり終えたところで、

「なんだ、てめえらは？」

一人が目を覚まして叫んだ。

ほかの二人もいっせいに飛び起き、武器を探そうとした。が、二人は足を縛られていたので、つんのめるようにひっくり返った。

「くそっ、ふざけやがって」

「やかましい。神妙にしろぃ」

後ろから麻次が飛び出し、ひっくり返った二人の脛《すね》を、十手で思い切り叩いた。ごつごつと、骨が砕けたみたいな音がした。

「うわぁあ」

二人は悲鳴を上げながら、部屋中を転げ回った。もはや、戦う気力もないはずである。

後から入って来た吾作が提灯の明かりで部屋を照らしていた。

意外な抵抗をしたのが、まだ足を縛っていなかった下足番の男だった。

飛びかかった麻次の腕を払いのけ、こぶしで麻次の脇腹を打った。見た目からは想像できないほど、素早い動きだった。

「ううっ」

麻次の息が詰まった。

そのわきをすり抜けて、外へ逃げようとしたが、吾作が提灯を下に置き、六尺棒を持って立ちはだかった。

「どけっ」

下足番はひるまず吾作に殴りかかった。

吾作は六尺棒を突き出すが、その先端を見切ってひょいとかわし、吾作の懐に飛び込むと、腕をねじり上げた。

「痛たたた」

だが、吾作の太い腕は、ねじり切れない。

危ないと見た本田が、後ろから十手で下足番の頭を殴りつけた。

「ぎやあ」

凄い悲鳴がした。本田が驚いて身を引くと、振り向いた下足番は本田の十手にしがみついた。こいつに武器を持たれると厄介なことになる。

咄嗟《とっさ》に刀を抜いた魚之進が、切っ先で下足番の足を突いた。

「ああっ」

これで動きが止まった。

三人は後ろ手に縛ってある。近くの番屋の連中にも手伝ってもらい、朝のうちに目立たないよう、奉行所の牢《ろう》へ移すことにした。

その前に、魚之進は気になっていたことを雲海の板長に訊いた。

「魯明庵は肉を食うのか？」

「ええ。たっぷりとね」

「肉は嫌っていると聞いていたんだけどな？」

「捌《さば》く前に、魯明庵さんがお経を唱えるんですよ」

「お経を？」

「ええ。そうすると、牛の魂は成仏してますんでね。残っているのは抜け殻なので食えるんです。それをしない肉は、たとえ一口でも食べませんよ」

「勝手な理屈だよな」

と、魚之進は呆れて言った。

「そうですかね」

「どうせでたらめお経だろうが」

「いや、あの人はちゃんと修行をなさってますから」

板長は意外なことを言った。

「修行？」

「あの方は、可哀そうな方なんですぜ」

「どう可哀そうなんだ？」

「あの方は、おれたちにははっきりとは言わねえが、高貴なお生まれなんですよ」

「それは知っているよ」

「そうなので」

「あんたこそ、ほんとの名前は知っているかい？」

魚之進は訊いた。

「北大路魯明庵でしょ？」

「違う。徳川元春とおっしゃるのだ」

「徳川？　徳川さま？」

二度訊いた。そこまでとは思ってなかったらしい。

「そうでしたか……」

「それで、どう辛かったんだ？」

「あっしも、別の人から聞いたんですがね。どうも、あの方はお妾《めかけ》のほうの腹から出たらしくて、跡継ぎ争いに関われないように、寺に入れられたんだそうです。そこでは、子どものときから魚が大好きだったのを、精進料理ばかり食わされる羽目になったんですが、それはそれで味覚が鍛えられたらしいですぜ」

「なるほど」

「ところが、あるとき、荒くれどもにさらわれたみたいなことになって、そこには、真んなかに人と牛の死骸があったんだそうです。それで、『小坊主でも構わねえ。経を上げてやってくれ』と言われたらしいんです。まだ小坊主のころですから恐ろしくて断わる勇気はねえでしょう。経を上げたそうです。すると『供養だ。牛を食っていけ』『そんなことはできません』と言うと、『食わねえと殺すぞ』と脅され、しょうがなくて食ったみたいです。ところが、それが恐ろしくうまかったんですよ」

「…………」

「以来、あの方は肉の味が忘れられなくなった。そのくせ、罪悪感も強いんでしょうな。まあ、おれたちみたいな庶民には味わえねえような、いろんな思いをなさった方なんですよ」

板長の言葉に、魚之進はしばらく言葉がなかった。

九

「なんだ、あの貼り紙は？　なんで休んでいるのだ？」

魯明庵が喚《わめ》くように、どかどかと雲海の廊下を進んで来た。なかの部屋すべてにはろうそくの明かりを灯しておいたので、当然、仲間がいると思ったのだろう。

台所の手前から、魚之進と麻次が姿を見せた。

「お前か……」

魯明庵は目を瞠って、それからなぜか悲しげな顔をした。

「生憎だが、あんたの仲間たちは皆、捕縛させてもらったよ」

と、魚之進は言った。

「仲間？　知らんな」

「とぼけようったって無理だ。大奥に疱瘡の膿がついた羽織を届けた二人は、広敷伊賀者に捕縛されている」

「そんなものは知らんな」

「大奥では、あんたと滝山さまのあいだを取り持った女中も捕まえてある」

「なにを言っているのか」

「鬼役の松武欽四郎《きんしろう》さまを殺した毒を盛ったのがその女中だ。もちろん、毒はあんたが用意したのだ」

「知らんな」

「毒は寛永寺で上さまを狙ったのと同じものだろう。毒を入れたのは、おそらく豪満寺にいるあんたの仲間だろう。おいらたちの仲間を刺し殺したのもたぶんそいつだ。いまごろは寺社方が動いて、そいつを捕まえているはずだ。吐くか吐かないかはわからないが、たぶんおいらは仲間の仇《かたき》を討てると思ってるよ」

「ほう」

「ちなみに豪満寺の末寺には、あんたは子どものころ預けられたことがあったんだってな？　ずいぶん苦労したそうじゃないか」

それは昼のうちに、お奉行がどこかの筋から聞き込んでくれたことだった。

「ふん。きさまごときの知ったことか」

「それで、問い詰められることになっていた年寄りの滝山さまは、代参の途中、大川に身を投げて亡くなられた」

そこでようやく、魯明庵の顔が変わった。

「死んだのか？」

「ああ。残念だけどな。あんたの悪事を直接、証言できる人がいなくなって、お城の方々もがっかりされていたよ」

「そうか」

魯明庵はしばし考え込んでいたが、

「わしは自害などは嫌いでな」

「おいらも嫌いだよ」

「ということは？」

魯明庵はニヤリと笑った。

「神妙にしろ」

魚之進が刀にかけた手は、激しく震えている。

「面白いな。わしが、柳生新陰流免許皆伝ということを知らなかったようだな」

「知ってるよ」

「ほう」

魯明庵は刀を抜き放った。

いかにも切れそうな業物《わざもの》であるのは一目瞭然である。

後ろをサッと見て、四対一であることを確かめると、

「なんとしてもお前だけは斬る」

魯明庵はずんずん前に出て、魚之進に斬りつけてきた。周囲の襖はすべて取り払ってある。魯明庵は存分に動けるのだ。襖はそのままにしておくべきだったと後悔した。

凄まじい剣風が、額の横や首のわきを吹く。魚之進は、とにかく刀を手前に寄せ、頭や顔を防ぐので精一杯である。もちろん、着物の下には、鎖帷子を着込んでいる。胴や肩を斬られても、死には至らないだろう。だが、首を飛ばされたら、どうしようもない。

「こんちくしょう」

と、麻次が横から紐をつけた十手を振り回し、魯明庵の足を止めようとする。だが、魯明庵は軽く飛んだり、十手を撥ね返したりして、からめとることが難しい。本田は突っ込む隙を見出《みいだ》せずにいる。頼りになるのは吾作で、麻次とは反対側から、槍の要領で六尺棒を突いて出ている。ふつうの六尺棒より太く、しかも一尺ほど長い。

これがかなり鬱陶しいらしい。

「ええい、邪魔くせえなあ」

魯明庵の身体が回転した。吾作の突き出した六尺棒は的を外し、横をすり抜けた魯明庵は、吾作の胴を深々と斬った——はずだったが、がしっと音がして、それでも吾作は衝撃で後ろにひっくり返った。

「くそっ。鎖帷子を着込んでるのか」

吐き捨てるように言った。

こっちは準備万端整えたうえでの不意打ちである。卑怯と言われても返す言葉はないのかもしれない。

だが、魯明庵はそれを言わず、

「おりゃあ」

いっきに魚之進めがけて斬り込んできた。

魚之進はそれを真っ向から受けた。激しい火花が散った。よくぞ折れずに済んでくれたと思う。受けただけでなく、魚之進は押し返すようにした。とにかく刃を離させない、それだけだった。

その隙だった。三人がいっせいに魯明庵めがけてめいめいの武器を突き出した。六尺棒は脇腹に、十手は首筋に、刀の切っ先は太腿の裏に。

「ううっ」

さすがの魯明庵も崩れ落ちた。全力を出し切って戦ったのだ。

皆、凄まじい息をしている。

「魚之進、お前が縛れ」

本田がようやく言った。

「おいら一人の手柄じゃねえ」

「おめえが必死で追いかけたんだ。仕上げはお前がやれ」

「ああ」

魚之進が、崩れ落ちていた魯明庵を後ろ手に縛り上げた。

十

翌日――。

魚之進は大奥に最後の挨拶に行った。いつもより、だいぶ遅い刻限になっていた。

八重乃がしっとりした表情で出迎えた。

「月浦さまのご活躍を伺いました。魯明庵を見事に捕縛なさったと」

報せはたちまち、方々を駆け巡ったらしい。

「活躍だなんてとんでもない。斬られないように逃げ回っていたら、向こうが疲れてくれたのですよ。しかも、四対一でやっとですから」

「そうやって、謙遜なさるところが、月浦さまのいいところですね」

「いやあ」

魚之進は居たたまれない。

そこへ、服部洋蔵もやって来た。

「やあ、月浦さん。聞きましたよ。お見事でした。わたしも手伝いに行きたいくらいでした」

「これで、本当によかったんでしょうか？」

魚之進は訊いた。

「それが最良ですよ。お城で動くと、どうしたって尾張とのあいだが深刻なことになるでしょう。町方で始末したほうが、尾張のほうもとぼけることができますから」

「ははあ」

そのあたりは、本丸の奥の奥で囁《ささや》かれるような、高度な政《まつりごと》の範疇《はんちゅう》なのだろう。魚之進には関わりようがないのだ。

「ほんと、お疲れさまでした」

服部は頭を下げ、御広敷へもどって行った。

その服部の後ろ姿を見送って、

「あたしが巷《ちまた》に暮していたら」

八重乃がぽつりと言った。

「え？」

「月浦さまにお嫁にしていただきたかった」

後ろにいた麻次が、

「むふっ」

と咳払いして、魚之進の背中を突っついた。

「お世話になったお礼も、なにも差し上げられなくて」

「とんでもねえ」

「これを……」

八重乃はなにやらつぶやいて、包みを魚之進に押しつけると、奥に駆け込んで行ってしまった。

「なんて言った？」

魚之進は麻次に訊いた。

「月浦さまに解いていただきたかったと言ってましたよ」

「解いていただきたい？　なにかの謎かな？」

そう言いながら、そっと包みを開くと、なんと派手な女物の細帯だった。


この晩――。

魚之進は中野石翁に呼び出された。その場所というのは、なんと銀座の、ミツバチの女将の店だった。

「そなたに一杯だけでも飲ませてやりたくてな。ほかにもなにか考えておくが、とりあえず、わしの礼だ」

中野石翁はそう言って、酒をついでくれた。

「ははっ」

魚之進はなにやら上の空である。

「ここは、中野さまがよくいらしてくれるのよ」

女将が微笑みながら言った。

「そうだったので」

中野さまなら文吉のように支払いに困ることもないだろう。

「なにせ、あっちの家もすぐ近くでしょ」

「そうですよね」

二人がどこでどう知り合ったのか、そんなことは知りようもない。

「月浦はまだ独り者らしいな？」

中野石翁がそう言うと、

「あら、そうなの？　うちには、ほら、可愛い女の子がいっぱいいるわよ」

女将はそう言って、客の相手をしている若い女たちを、ほらほらというように次々に指差した。

「いや、とんでもない」

魚之進は慌てて手をひらひらさせる。

「女将。月浦はウブなのだ。人慣れしている娘は荷が重かろうよ。それより、わしが見つけてやろうか。ほとんど世のなかに出ていなくて、可愛いらしくて、男のおの字も知らない娘を」

「いえ。もう、だいたい決まりつつありますので」

魚之進は大慌てで言った。

「そうなのか。それは惜しいのう」

もちろん嘘だが、そうでも言わないと、断わり切れなくなりそうだった。

この晩は、せいぜい一合の酒で、へべれけに酔って役宅に帰った。しかし、いい気分で眠りについたことは覚えている。

十一

お静は、やはり大粒屋にもどることになった。

この日――。

おのぶがお静に頼まれ、引っ越しの手伝いに来ていた。荷物――といっても風呂敷一つに過ぎないが、それをまとめ終えると、お静は父親の壮右衛門《そうえもん》に挨拶していた。壮右衛門も寂しそうだが、無理に笑顔をつくり、

「すっかり世話になっちまって」

などと言っている。次は、魚之進に挨拶する番だろう。

魚之進はどういう顔をしたらいいのか。いや、どういう顔になってしまうのか。このまま逃げ出したい気分である。

すると突然、

「告白しなよ」

と、おのぶが耳元で言った。

「え？」

「嫁になってくれって言いなよ」

その顔は、いつものように悪戯《いたずら》っぽくはない。真剣そのものである。こいつは根っからいいやつなんだと魚之進は思った。

——また、あれを言うのか。

と、魚之進は思った。だが、本当に自分はいま、それを望んでいるのだろうか。違うのではないか。自分の望みはそうではないだろう。ふと、脳裏に兄貴の波之進の姿が蘇った。兄貴とお静。仲睦《なかむつ》まじそうに微笑み合っている。自分はいつも少し離れて、羨ましく思いながらその姿を見ていた。似合いの二人。兄貴はどれほどお静を好きだったことか。そしてお静も。やはり違うだろうと、また思った。もやもやした気分がいっきに晴れた気がした。

魚之進は突如、振り向いた。

「おのぶさん。おいらといっしょになってくれないか？」

震える声で言った。いつの間にか自分の気持ちは変わっていたのだ。自分はいま、かなり奇矯《ききょう》なところがあるこの娘のことを大好きである。

「ええっ？」

おのぶの目が、二重丸、三重丸のようにどんどん丸くなっていった……。

本書は、講談社文庫のために書き下ろされました。

|著者| 風野真知雄　1951年生まれ。'93年「黒牛と妖怪」で第17回歴史文学賞を受賞してデビュー。主な著書には『わるじい慈剣帖』(双葉文庫)、『姫は、三十一』(角川文庫)、『大名やくざ』(幻冬舎時代小説文庫)、『占い同心 鬼堂民斎』(祥伝社文庫)などの文庫書下ろしシリーズのほか、単行本に『ト伝飄々』(文春文庫)などがある。『妻は、くノ一』は市川染五郎の主演でテレビドラマ化され人気を博した。2015年、「耳袋秘帖」シリーズ(文春文庫)で第4回歴史時代作家クラブシリーズ賞を、『沙羅沙羅越え』(KADOKAWA)で第21回中山義秀文学賞を受賞した。「この時代小説がすごい!2016年版」(宝島社)では文庫書き下ろし部門作家別ランキング1位。絶大な実力と人気の時代小説家。本作は「味見方同心」潜入篇の第6作。

潜入《せんにゅう》 味見方同心《あじみかたどうしん》(六) 肉欲《にくよく》もりもり不《ふ》精進《しょうじん》料《りょう》理《り》

風野《かぜの》真《ま》知《ち》雄《お》

2023年6月15日第1刷発行

発行者──鈴木章一
発行所──株式会社　講談社
東京都文京区音羽2-12-21　〒112-8001
電話　出版 (03) 5395-3510
　　　販売 (03) 5395-5817
　　　業務 (03) 5395-3615

Printed in Japan

講談社文庫
定価はカバーに表示してあります

KODANSHA

デザイン──菊地信義
本文データ制作─講談社デジタル製作
印刷───株式会社KPSプロダクツ
製本───株式会社国宝社

ISBN978-4-06-531449-4

講談社文庫刊行の辞

二十一世紀の到来を目睫に望みながら、われわれはいま、人類史上かつて例を見ない巨大な転換期をむかえようとしている。

世界も、日本も、激動の予兆に対する期待とおののきを内に蔵して、未知の時代に歩み入ろうとしている。このときにあたり、創業の人野間清治の「ナショナル・エデュケイター」への志を現代に甦らせようと意図して、われわれはここに古今の文芸作品はいうまでもなく、ひろく人文・社会・自然の諸科学から東西の名著を網羅する、新しい綜合文庫の発刊を決意した。

激動の転換期はまた断絶の時代である。われわれは戦後二十五年間の出版文化のありかたへの深い反省をこめて、この断絶の時代にあえて人間的な持続を求めようとする。いたずらに浮薄な商業主義のあだ花を追い求めることなく、長期にわたって良書に生命をあたえようとつとめるところにしか、今後の出版文化の真の繁栄はあり得ないと信じるからである。

同時にわれわれはこの綜合文庫の刊行を通じて、人文・社会・自然の諸科学が、結局人間の学にほかならないことを立証しようと願っている。かつて知識とは、「汝自身を知る」ことにつきていた。現代社会の瑣末な情報の氾濫のなかから、力強い知識の源泉を掘り起し、技術文明のただなかに、生きた人間の姿を復活させること。それこそわれわれの切なる希求である。

われわれは権威に盲従せず、俗流に媚びることなく、渾然一体となって日本の「草の根」をかたちづくる若く新しい世代の人々に、心をこめてこの新しい綜合文庫をおくり届けたい。それは知識の泉であるとともに感受性のふるさとであり、もっとも有機的に組織され、社会に開かれた万人のための大学をめざしている。大方の支援と協力を衷心より切望してやまない。

一九七一年七月

野間省一

加藤典洋
小説の未来
解説＝竹田青嗣　年譜＝著者・編集部

川上弘美、大江健三郎、高橋源一郎、阿部和重、町田康、金井美恵子、吉本ばなな……現代文学の意義と新しさと面白さを読み解いた、本格的で斬新な文芸評論集。

かＰ7
978-4-06-531960-4

李良枝
石の聲　完全版
解説＝李　栄　年譜＝編集部

三十七歳で急逝した芥川賞作家の未完の大作「石の聲」（一〜三章）に編集者への手紙、実妹の回想他を併録する。没後三十余年を経て再注目を浴びる、文学の精華。

い－3
978-4-06-531743-3

決戦！シリーズ 決戦！関ヶ原2
決戦！シリーズ 決戦！新選組
決戦！シリーズ 決戦！賤ヶ岳
決戦！シリーズ 決戦！忠臣蔵
決戦！シリーズ 風 雲〈戦国アンソロジー〉
小峰 元 アルキメデスは手を汚さない
今野 敏 ST警視庁科学特捜班 エピソード1〈新装版〉
今野 敏 ST警視庁科学特捜班 毒物殺人〈新装版〉
今野 敏 ST警視庁科学特捜班〈黒いモスクワ〉
今野 敏 ST警視庁科学特捜班〈青の調査ファイル〉
今野 敏 ST警視庁科学特捜班〈赤の調査ファイル〉
今野 敏 ST警視庁科学特捜班〈黄の調査ファイル〉
今野 敏 ST警視庁科学特捜班〈緑の調査ファイル〉
今野 敏 ST警視庁科学特捜班〈黒の調査ファイル〉
今野 敏 ST為朝伝説殺人ファイル〈警視庁科学特捜班〉
今野 敏 ST桃太郎伝説殺人ファイル〈警視庁科学特捜班〉
今野 敏 ST沖ノ島伝説殺人ファイル〈警視庁科学特捜班〉
今野 敏 ST化合 エピソード0〈警視庁科学特捜班〉
今野 敏 ST プロフェッション〈警視庁科学特捜班〉
今野 敏 特殊防諜班 諜報潜入
今野 敏 特殊防諜班 聖域炎上
今野 敏 特殊防諜班 最終特命
今野 敏 茶室殺人伝説
今野 敏 奏者水滸伝 白の暗殺教団
今野 敏 同 期
今野 敏 欠 落
今野 敏 変 幻
今野 敏 警視庁FC
今野 敏 カットバック 警視庁FCII
今野 敏 継続捜査ゼミ
今野 敏 エムエス〈継続捜査ゼミ2〉
今野 敏 蓬 莱〈新装版〉
今野 敏 イ コ ン〈新装版〉
後藤正治 拗《す》ね者たらん〈本田靖春 人と作品〉
幸田 文 崩 れ
幸田 文 季節のかたみ
幸田 文 台所のおと〈新装版〉
小池真理子 冬の伽藍
小池真理子 夏の吐息
小池真理子 千日のマリア
五味太郎 大人問題
鴻上尚史 あなたの魅力を演出するちょっとしたヒント
鴻上尚史 鴻上尚史の俳優入門
鴻上尚史 青空に飛ぶ
小泉武夫 納豆の快楽
近藤史人 藤田嗣治「異邦人」の生涯
小前 亮 趙《ちょう》匡《きょう》胤《いん》〈宋の太祖〉
小前 亮 始皇帝の永遠〈天下一統〉
小前 亮 劉《りゅう》裕《ゆう》〈豪剣の皇帝〉
香月日輪 妖怪アパートの幽雅な日常①
香月日輪 妖怪アパートの幽雅な日常②
香月日輪 妖怪アパートの幽雅な日常③
香月日輪 妖怪アパートの幽雅な日常④
香月日輪 妖怪アパートの幽雅な日常⑤
香月日輪 妖怪アパートの幽雅な日常⑥
香月日輪 妖怪アパートの幽雅な日常⑦
香月日輪 妖怪アパートの幽雅な日常⑧

2023年3月15日現在